예천아리랑과 예천의 노래

예천아리랑과 예천의 노래

인　쇄　2013년 11월 18일
발　행　2013년 11월 25일
편저자　강원희
펴낸이　이대현
편　집　박선주
디자인　이홍주
펴낸곳　도서출판 역락
　　　　서울시 서초구 동광로 46길 6-6(문창빌딩 2F)
　　　　전화 02-3409-2058(영업부), 3409-2060(편십부)
　　　　팩시밀리 02-3409-2059
　　　　이메일 youkrack@hanmail.net
　　　　등록 1999년 4월 19일 제303-2002-000014호
ISBN　978-89-5556-099-2　93810

정　가　15,000원

• 잘못된 책은 구입처에서 교환해 드립니다.

이 도서의 국립중앙도서관 출판시도서목록(CIP)은 e-CIP홈페이지(http://www.nl.go.kr/ecip)와 국가자료
공동목록시스템(http://www.ml.go.kr/kolisnet)에서 이용하실 수 있습니다.(CIP2013023936)

예천아리랑과 예천의 노래

강 원 희 편저

역락

책을 내면서

1973년 11월, 3년간의 국방의 의무를 다한 1주일 후, 초등학교(당시는 국민학교) 교사로 복직되어 2개월 치 월급으로 녹음기를 구입하였다. 마을 노인들을 찾아다니며 녹음한 것 중에 농민문화의 대표격인 '예천통명농요'는 1979년 제20회 전국민속예술경연대회에서 영예의 대통령상을 수상하였다.

1981년에 **경상북도 무형문화재 제5호**, 1985년에는 **중요무형문화재 제84-2호**가 되어 국내의 각종행사에 초청공연은 물론, 1993년 한·중 수교 1주년 기념으로 중국 초청공연을 시작으로 미국, 브라질, 터키 등으로 초청공연, 일본은 4차례나 초청공연을 가졌다. 이로서 대한민국 농민의 문화를 알림과 한류와 민간외교관으로서 활동을 하고 있다고 자부한다.

무언가면극인 '예천청단놀음'은 1981년과 1987년 2차례 걸쳐 전국민속예술경연대회에서 문화공부부장관상을 수상하였다. 국내에서는 흔하지 않은 무언가면극으로서 농촌 탈놀이의 진면모를 지켜가며 비지정문화재로서 꾸준히 전승하며 도약의 그날을 기다리고 있다.

‘예천공처농요’는 1985년도 전국민속예술경연대회에서 문화공보부장관상을, 1992년도 전국민속예술경연대회에서는 대통령상을 수상하여 경상북도 무형문화재 제10호로 지정 전승되고 있다.

1978년도에 조사하여 1979년 『뿌리깊은나무』에 발표한 민요 중에 ‘예천아리랑’은 예천의 민속과 민요를 더욱 빛나게 하였다. **예천의 민요**는 예천을 민속예술의 고향, 민요 문화권의 중심이라 할 만큼, 민요 속엔 우리 조상들의 속 깊은 생활상과 언어적으로 국문학적으로 그 연구가치가 매우 깊다고 본다.

통명리의 **농악**은 그 가락의 다양성과 음악성이 가히 농요와 쌍벽을 이룰 정도로 독보적인 존재라고 말들하고 있다.

또한 **통명리 상두가**는 상여를 메고 부르는 소리의 내용이 3가지, 묘를 다지면서 부르는 소리의 내용이 3가지, 묘를 다지고 나서 집으로 오면서 부르는 소리 등 상황에 따라 불리는 소리가 7가지로, 소리의 다양성과 음악성은 세계 어느 나라의 토속민요와 비교해도 뒤질 것이 없다는 평을 받고 있다.

1993년도에 출판한 ‘예천통명농요’와 이번에 『예천아리랑과 예천의 노래』 책을 쓰면서 느끼는 것이 있다면, 예천의 각종 민속예술은 숨어 있었다기보다 우리의 것이 소중함을 모르고 있었다고 표현하는 것이 옳을 것 같다.

매일 만나는 친구같이 잠시라도 없으면 안 되는 공기처럼, 햇빛

처럼, 늘 가까이 있다 보니 얼마나 귀중하고 소중함을 모르고 살아온 우리네들…….

길가에 피어난 볼품없는 들꽃, 농작물에 해가 된다고만 생각한 잡초와 곤충들, 말 그대로 필요 없는 것으로…….

농작물과 공생하여 상호보완작용을 하는 들꽃과, 꽃가루받이에 필요한 벌과 나비로 생각하였으면, 소중함을 알았으리라 본다.

이젠 국가가 인정하고, 나아가 세계가 인정해 주는 우리의 음악, 우리의 문화재가 되었다.

여기에 소개하는 각종 노래와 노랫말은 부분적으로 소개되기도 하고, 그저 그렇거니 한 것들이었으나 우리의 것을 공부하고 연구하시는 분들께 조금의 도움이 되기를 바라는 마음으로 3부로 나누어 한 권의 책으로 엮어 보았다.

1부의 아리랑과 민요는 우리네 삶의 정서를 노래로 표현하며 잠시나마 피곤함과 해학적임을 느낄 수 있으리라 본다. 좀 더 깊게 음미해 본다면 노래 속에 숨어있는 조상들의 지혜, 후세에 살아서 우리 민족의 혼과 우리 문화를 올바르게 이끌어 줄 것을 암시해, 올바른 삶의 내용이 내포되어 있다고 본다.

2부의 풍양의 공처 농·민요는 예천의 지역민으로서 같은 농민으로서 통명리의 농요와는 또 다른 농·민요를 전승하여 지역문화를 공부하는 이에게는 좋은 자료를 제공하고 있다. 농요의 한

부분은 전승이 단절된 상태로 공처농요의 일부회원들에게는 딴 곳의 이야기로 또는 희미한 기억 속에 만 남아있는 안타까움이 남아있다.

특히 구술자인 이용식씨는 상두가 중에 묘를 다지면서 부르는 '덜구소리'를 '옥설가'라는 생소한 용어를 사용하여 주셨고, 성주고사 축원을 4가지로 불러 주셔서 그 다양함과 기억력은 구술자로서의 口傳이 얼마나 중요한가를 깨우쳐 주기도 했다.

3부의 歌辭는 생소하기도 하겠으나 우리조상들께서도 우리 것을 얼마나 아끼고 소중하게 노래한 것인지 엿볼 수 있을 것이다. 인쇄문화의 혜택을 누리지 못한 사람들이 붓으로 한자 한자 써 내려간 그 기록의 정성과 노력이 우리문화에 대한 애정을 엿 볼 수 있는 귀중한 자료라고 본다. 일부 가사엔 '옥의 티'가 있는 것은 그 시대의 삶의 아픔을 엿보는 것이기도 하다.

우리 조상들의 상류층 문화는 기록으로 남겨 세계적으로 인정이 되고 있다. 그러나 일반 민초들의 문화는 기록으로 남기기보다 입에서 입으로 전하여왔다. 근세에 이르러 口傳이라는 용어로 조사 연구되어 상류층 문화 못지않게 귀중함을 알게 되어 記錄문화와 口傳문화는 두 바퀴 수레와 같이 한국 문화로 굴러 가고 있다고 본다.

　우리 민요는 노래 그 자체라기보다는 노래를 통해 이웃 간의 끈끈한 정을 나누고, 소리로서 마음과 마음의 끈을 연결하고, 선인과 후손과의 혼과 문화의 고리가 계속 이어져 왔다고 본다.

　이로서 우리는 조상들로부터 물려받은 문화를 후손에게 물려줄 의무가 있다고 보면서, 이 조그마한 한권의 노랫말로 예천이라는 지역정서를 조금이나마 엿 볼 기회가 되고, 예천의 선인들이 우리의 것을 가꾸고, 지켜온 來歷을 알아 문화민족의 자긍심을 갖는 계기가 되었으면 하는 바람이다.

2013년 5월
편·저자 강 원 희

추천의 글

최 종 민

철학박사, 전 한국정신문화연구원 교수
유네스코무형문화유산 판소리진흥회 회장
현 동국대문화예술대학원 교수

없어질 뻔한 농요를 문화재가 되게 하고
온 세상에 알려지게 한 강원희

사람은 어떤 생각, 어떤 태도를 가지고 사느냐가 중요하다고 생각한다. 강원희라는 초등학교 교사는 1973년 군복무를 마치고 교사로 복직하자마자 두 달분의 월급을 털어 넣어 조그만 녹음기 한 대를 샀다. 그는 그 녹음기를 들고 다니며 옛날 노래를 채집하고 옛날 놀이를 조사하였다. 그런 그의 열정이 보람이 있어 본인이 태어나 살고 있는 예천통명마을의 농요는 마을사람들 모두가 적극적으로 재현하여 1979년 제20회 전국민속예술경연대회에서 대통령상을 받게 되었다. 최고의 성과를 거둔 통명농요는 그 후 1981년에 경상북도 무형문화재 제5호로 지정되었다가 1985년에는 중요무형문화재 제84-가호로 지정되었다. 전국의 농요팀 중에서 대단한 평가를 받는 팀이 되어서 1993년에는 한·중수교 기념으로 중국에 초청되어 공연을 가기도 했고 미국이나 일본 등 많은 외국에 문화사절로 가서 공연을 하고 오기도 했다. 그냥 두었으면 지금쯤 완전히 없어져 버렸을 통명마을의 농요가 이처럼 대단한 새로운 음악으로 각광을 받게 된 것이다.

뿐만 아니라 예천의 무언극 '청단놀음'을 발굴하여 1981년과 1987년에 전국민속예술경연대회에 나가게 할 때에도 강원희는 주동적인 역할을 하였다. 또 풍양면의 공처마을에서 그 마을 전승의 농요를 발굴하게 된 것도 큰 성과라 할 수 있다. 공처농요는 1985년에 전국민속예술경연대회에 나가 문공부장관상을 받았고 다시 1992년에 나가 대통령상을 받았다. 그런 상을 받은 후 공처농요는 경상북도 무형문화재 제10호로 지정되어 전승의 기반을 마련하였다. 강원희가 녹음하고 조사하여 전국민속예술경연대회에 나간 농요는 모두 크게 빛을 본 셈이다. 무언극인 '청단놀음'만 때를 기다리며 계속 재현하고 있는 중이다. 그동안 조사한 것 중 1978년에 양옥교(61세), 김석이(61세), 안분녀(61세), 박금년(54세) 등을 대상으로 녹음한 예천아리랑과 여성민요 및 유희요 그리고 안귀녀의 녹음 예천아리랑과 화투풀이 과부타령 등은 언론과 방송을 통해 발표하기도 했다. 강원희는 지금도 통명의 농악과 상두가가 대단한 것이라고 생각하고 있고 공처마을 이용식씨가 들려 준 덜구소리(옥설가)와 성주고사 축원 등이 역시 귀중한 민요유산이라고 생각하고 있다.

　강원희는 교사직도 정년을 채우고 퇴직하였고 아들도 잘 길러 검사로 봉직하고 있다. 이제 다시 젊은 시절의 열정을 되살려 예천의 민속예술을 활성화하는 데 전력을 쏟아 붓고 있다. 통명농요의 회장을 맡아 활동하는 한편 청단놀음이나 예천아리랑도 빛을 보게 하고 싶은 것이다. 하여 그동안 작업하고 발굴한 민요와 옛날 노래의 가사들을 한데 모아 책으로 엮어 낸다고 한다. 그가 녹음하지 않고 그냥 두었으면 벌써 없어졌을지 모르는 소중한 것들이 앞으로 길이길이 전승되어 나갈 수 있게 되었으니 얼마나 보람된 일을 한 것인가? 강원희의 하는 일이 더욱 더 많은 열매 맺기를 바라면서 축하와 격려의 말을 전하는 바이다.

2013년 10월 5일

차례

예천아리랑과 민요

01 조사 연구 활동

1. 1978년 7월 14일 : 예천읍 통명리(필자의 고향마을)에서 양옥교(61세), 김석이(61세), 박금년(54세), 안분녀(61세)씨로부터 예천아리랑 외 여성민요 및 유희민요 등 첫 조사 녹음.

2. 1978년 8월 : 예천읍 통명리에서 안귀녀씨 조사.
   예천아리랑과 화투풀이 및 과부타령 등 여성민요 조사.

3. 1979년 10월 : 『뿌리깊은나무』 10월호에 위 1, 2번 조사한 내용을 바탕으로 "집집마다 송편빚어 조상찾아 보건마는" '새민요 다섯편과 여자팔자'로 발표.

4. 1980년부터는 통명농요 보존회원이신 노인들로부터는 통명리의 역사와 전설 등, 이상휴, 이종호, 최병근, 김진한씨 등으로부터 예천아리랑과 토속민요 등 조상들의 삶, 농민 문화와 등을 조사.

5. 1988년 대구 KBS 라디오 편성부 민요취재팀에 통명민요 위 1,2번 조사내용 소개하고 방송.

6. 1990년 5월 1일 : 嶺南日報사로부터 예천의 민요와 醴泉아리
   랑을 문의 해 옴에 자료제공과 양옥교씨께 안내하고 토속민
   요 채집과 자료제공으로 소개 및 보도.

7. 1990년 9월 : 안동MBC 라디오 통명동 농요 및 민요 소개시
   위 1, 2번 조사내용 소개하여 예천의 토속민요를 소개.

8. 1992년 들소리 제3호(발행인 이소라)에 예천아리랑 소개.

9. 1996년 12월 11일 : 예천아리랑 전승을 위해 예천통명농요 보
   존회에서 예천아리랑 학교 공개 강좌와 무료강습을 개설하여
   전승에 노력(예천 한천신문에 개설 보도).

10. 1998년 : 한국방송통신대학방송국 〈삶의소리 아리랑 TV〉프로
    에 예천아리랑 자료제공으로 양옥교씨와 이상휴씨 녹화 및
    방송.

11. 1999년 10월 15일 예천군청 기획계 조동윤씨로 부터 예천
    의 민속예술 전승복원과 발전방향을 문의 해옴에 예천아리
    랑 전승을 위한 '예천아리랑 전승 및 8도 아리랑 경창대회'
    를 개최 할 것과 '청단놀음', '예천달구지싸움', '맛질서낭싸
    움' 등의 내용을 보냄.

12. 사단법인 한국민족예술인 총연합회 예천지부에서 축제를 〈예
    천아리랑제〉라 하며 예천아리랑을 소개.

13. 2002년 권미휘 예천아리랑 책자발간에 자료 제공.

14. 2002년 7월 이벤트 인 코리아(통명마을의 여름나기)에 자료

제공으로 녹화 및 방송.

15. 2011년 12월 27일 문화체육부 주최 '2011 아리랑 한마당'에
이상휴씨 출연 소개되어 예천아리랑을 알림.

16. 2012년 7월 교육방송(EBS) 한국기행 통명리의 풋굿과 예천
아리랑 녹화와 방송.

02 <예천아리랑>을 노래하신 분 및 구술자

이 름	양옥교(梁玉嬌) 女
생년월일	1918년(음력 9월 14일생)
사망년도	2012년
태 생	예천군 호명면 직산1리
−17세에 예천읍 통명리로 시집 옴	
사망당시 거주지	경북 예천군 예천읍 통명리 39번지

이 름	이상휴(李相烋) 男
생년월일	1933년 10월 28일생
태 생	경북 예천군 예천읍 서본1동
초등학교 4학년 때 통명리로 이사 옴	
현 재	중요무형문화재 제84−2호 예천통명농요 예능보유자

이　름	박 금 년 女
생년월일	1925년(음력 7월 30일), 슬하에 1남 1녀
사망년도	2010년
출생지 및 결혼 후 주거지	예천 용문 하학리 및 통명리
사망당시 거주지	경북 예천군 예천읍 통명리

이　름	김 석 이 女
생년월일	1918년, 슬하에 2남 1녀
사망년도	1989년
출생지 및 결혼 후 주거지	안동수동 및 통명리
사망당시 거주지	경북 예천군 예천읍 통명리

이　름	안분녀(安分女) 女
생년월일	1919년(음력 11월 3일), 슬하에 2남 1녀
사망년도	2009년
출생지 및 결혼 후 주거지	영주 필두 및 통명리
사망당시 거주지	서울 도봉구

이 름	안귀녀(安貴女) 女
생년월일	1911년, 슬하에 2남1녀
사망년도	1998년
출생지 및 결혼 후 주거지	영주 풍기 및 통명리
사망당시 거주지	경북 예천군 예천읍 통명리

이 름	이종호(李種浩) 男
생년월일	1935년 2월 20일생
태 생	경북 예천군 예천읍 통명리 47번지
현 재	중요무형문화재 제84-2호 예천통명농요 전수조교

이 름	최병근(崔秉根) 男
생년월일	1933년 12월 12일생
태 생	경북 예천군 예천읍 통명리 339번지
현 재	중요무형문화재 제84-2호 예천통명농요 이수자로 건강상 활동 못함.

이　　름	김진한(金鎭漢) 男
생년월일	1934년 1월 26일생
사망년도	2009년
태　　생	경북 예천군 예천읍 통명리 206번지
활　　동	중요무형문화재 제84-2호 예천통명농요 이수자
사망당시 거주지	경북 예천군 예천읍 통명리

03 〈예천아리랑〉 채보

예천(통명) 아리랑
(양 옥 규 소리)

양 옥 규(76세) 소리
박 준 상 녹음(1994.6.14), 채보
강 원 회 가사정리

♩= 124

아 리 아 리 — 아 리 아 리 — 아 라 — 리 — 요
아 리 랑 — 고 — 개 로 넘 어 가 — 요
두 메 골 처 — 자 만 친 — 했 으 면 —
옆 구 리 만 — 쿡 찔 러 — 도 — 감 자 밭 주 — 네
아 리 아 리 — 아 리 아 리 — 아 라 — 리 — 요
아 리 랑 — 고 — 개 로 넘 어 가 — 요

예천(통명) 아리랑

(이상휴 소리)

이 상 휴 소리
박 준 상 녹음(1994.6.14), 채보
강 원 희 가사정리

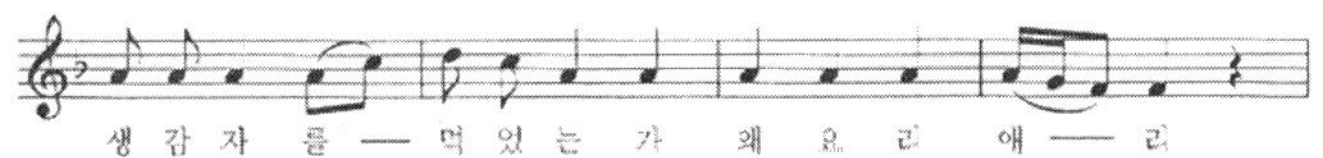

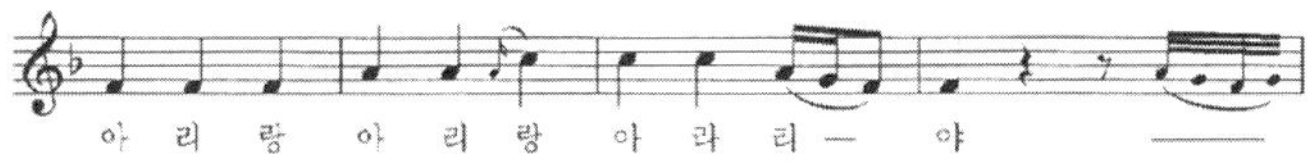

❖ 채보하신 분

채보하신 **박준상**1)씨는 아래 소개 한 것과 같이 예천이 낳은 세계적인 음악가로, 국제사회에는 널리 알려져 있으나 정작 예천사회에서는 모르고 있는 실정이다.

필자가 예천통명농요를 함으로써 교분을 갖게 되었으며, 박사께서 필자의 소개로 1994년에 직접 양옥교씨와 이상휴씨를 찾아 조사 녹음채록과 채보하였다.

---

1) 박준상(朴俊相 / Dr. Bahk Junsang)
　　· 단기4270년(1937) 경북 예천 호명 노루메기 생
　　· 빈 국립대학 철학석사
　　· 서울대학 대학원 음악석사
　　· 철학박사 / 음악학전공−빈 국립대학교 음악학
　　· 빈 국립대학교 철학부에서 독문학, 한국학연구
　　· Darmstadt 국제현대음악제당선−유럽현대음악계에 데뷔(1968년)
　　　작품 <단굴(檀窟/Tangul/단군신화)>이 Darmstadt 국제현대음악제에 당선(1967)되어 동음악제로부터 초청되어 Karlheinz Stockhausen의 작곡 Studio에서 <동화(同化)>를 작곡, 초연함으로서 유럽 현대 음악계에 데뷔 함(1968)
　　· 1971년 이래 국제저작권협회 회원(AKM−Autria/GEMA−Gemany)
　　· 국제 현대음악협회(ISCM / IGNM)제50회 세계음악제에 한국자곡가로는 윤이상에 이어 두 번째로 당선(Austria Graz, 1972)
　　· Graz국제음악제−그라즈시 작곡상 수상(1975)
　　· 중앙대학교 음악대학 작곡가 교수, 동 대학 학장 역임(1983~2004)
　　· 대한민국 작곡상 최우수상(1980)
　　· 동아콩쿠르, 중앙콩쿠르, 안익태 작곡상, KBS 작곡 콩쿠르, 대한민국창작 콩쿠르, 난파콩쿠르, 부산현대음악제, 서울시문화상등의 심사위원장 및 심사위원역임.

04 예천아리랑 노랫말

아리아리 아리아리 아라리요
아리라앙 고개로 넘어가네

1. 아리랑 고개서 알을 베어[1]
   몸실양[2] 고개서 알을 풀어[3]
   아리아리 아리아리 아라리요
   아리라앙 고개로 넘어가네

2. 남의집 소년들은 서당엘[4]가고
   우리집 소년들은 꼴비로간다[5]

---

1) 뱃속에 품어
2) 상상의 고개로 편안한 곳
3) 낳다
4) 서당에를
5) 소나 양의 먹이가 되는 풀을 베로 간다

아리아리 아리아리 아라리요
아리랑 고개로 넘어간다

3. 뒷집에 김선베6)는 어사화7)썼는데
   우리집 저총각은 패립8)을 썼네
   아리아리 아리아리 아라리요
   아리랑 고개로 넘어간다

4. 니잘났다 내잘났다 도투지9)마라
   은화백통10) 은화은전11) 저 잘났지
   아리아리 아리아리 아라리야
   아리라앙 고개로 넘어가네

5. 울타리 밑에다 칠성판12)깔고
   호박잎이 나풀나풀 나가주네
   아리아리 아리아리 아라리야

6) 선비
7) 임금이 문·무과에 급제한 사람에게 내리는 꽃
8) 패랭이
9) 다투지
10) 백동(白銅)-구리·아연·니켈의 합금
11) 은화·은전(銀貨·銀錢)
12) 관 안 바닥에 까는 널조각

아리라앙 고개로 넘어가네

6. 밀창문13)이 깔짝끄만14) 나온다하디
   모두걸로15) 흔들어도 안나오네
   아리아리 아리아리 아라리야
   아리라앙 고개로 넘어가네

7. 죽으라는 돈동자16) 아니야죽고
   뒷집에 김도령이 죽었다하네
   아리아리 아리아리 아라리야
   아리라앙 고개로 넘어가네

8. 머리나 풀라니17) 남남사시러18)
   비네야 소개야 흰갑사댕기
   빌고빌고 빌고요
   아리아리 아리아리 아라리요

---

13) 미닫이
14) 조금만 움직여주어도
15) 모두·전체를
16) 돈이 많은 집의 나이어린 사내아이
17) 댕기머리나 올린머리를 풀어 상주가 될 때
18) 남들이 보기에 흉해

아리라앙 고개로 넘어가네

9. 머리나 풀라니 남남사시러
   비네야 소개야 흰갑사댕기
   디리고 디리고 디리고요
   아리아리 아리아리 아라리요
   아리라앙 고개로 넘어가네

10. 디리고[19] 디리고 디리고요
    느지막[20] 나지막[21] 반단자[22] 비녀
    아리아리 아리아리 아라리야
    아리라앙 고개로 넘어가네

11. 홍당목 치마야 불거야[23] 좋고요
    물명지 단속곳은 널버야[24]좋네
    아리아리 아리아리 아라리요

---

19) 데리고
20) 늦음
21) 낮음
22) 하나의 반도막
23) 붉어야
24) 넓어야

　　　아리라앙 얼씨구 잘 넘어가세

12. 아리아리 아리아리 아라리요
　　　아리라앙 얼씨구 잘 넘어가네
　　　밀창문이 깔짝끄면 나온다하니
　　　모두걸로 흔들어도 안나오네

13. 행주치마 똘똘말아 옆에끼고
　　　봉화장[25] 가자할 때 왜안갓노[26]
　　　아리아리 아리아리 아라리야
　　　아리랑 고개로 단 둘이넘네

14. 느지막 나지막 반단자 비녀
　　　누구간장 녹일라꼬 조조리하노[27]
　　　아리아리 아리아리 아라리요
　　　아리랑 고개로 넘어간다

15. 임가던 길에는 풀이나 돗고[28]

---

25) 경상북도 봉화 장
26) 왜 가지 않았느냐
27) 저렇게 하느냐
28) 돋아남

임찾던 술잔엔 녹이나씨네29)

아리아리 아리아리 아라리요

아리랑 고개로 넘어간다

16. 먹고야 싶은건 찹쌀감주30)

보고야 싶은건 임일러라

아리아리 아리아리 아라리요

아리랑 고개로 넘어간다

17. 아주까리 동백은 일년에 한번

되지못할 기름머리 나날이31)한다

아리아리 아리아리 아라리요

아리랑 고개로 넘어간다

18. 문경아 새재에 물박달남근32)

방망이 베개로 다나간다

아리아리 아리아리 아라리요

아리랑 고개로 넘어간다.

---

29) 녹이 쓸다
30) 단술
31) 날마다
32) 박달나무

19. 방망이 배게는 팔자가 좋아
    큰애기 손질로33) 놀아나네
    아리아리 아리아리 아라리요
    아리랑 고개로 넘어간다.

20. 문경아 새재에 물푸레낭근34)
    도리깨노리35)로 다나간다
    아리아리 아리아리 아라리요
    아리랑 고개로 넘어간다.

21. 도리깨노리는 팔자가좋아
    총각의 손질에 놀아나네
    아리아리 아리아리 아라리요
    아리랑 고개로 넘어가네.

22. 문경아 새제에 물박달나무
    홍두깨 방망이로 다나가네
    아리아리 아리아리 아라리요

---

33) 손 끝, 손 안에
34) 물푸레나무
35) 도리깨의 끝 부분의 긴 막대기로 탈곡시 곡식에 직접 닿는 부분

아리랑 고개로 넘어가네

23. 문경아 새제에 싸리꼬진[36]

　　꼬깜[37] 꼬지로 다나가요.

　　아리아리 아리아리 아라리야

　　아리라앙 고개로 넘어가네

24. 울넘어 담넘어 꼴비는총각

　　위[38] 넘어가니 위 받아먹게

　　아리아리 아리아리 아라리요

　　아리랑 고개로 넘어가네.

25. 위는 받아서 꼴짐[39]에 넣고

　　물겉은[40] 이네손목 다 짤카지네[41]

　　아리아리 아리아리 아라리요

　　아리랑 고개로 넘어가네.

---

36) 싸리나무로 만든 꼬치
37) 곶감
38) 참외
39) 소나 양의 먹이가 되는 풀을 베어 담은 지게
40) 물같이 연한
41) 움푹 들어가도록 쥐어진 손자국

26. 울넘어 담넘어 꼴비는총각
    눈쌀미[42] 있거든 위받아먹게
    아리아리 아리아리 아라리요
    아리랑 고개로 넘어간다

27. 담 넘어 갈때는 큰 맘[43]을먹고
    문고리 쥐고서 발발 떠네
    아리아리 아리아리 아라리요
    아리랑 고개로 넘어가네.

28. 메뚜기 땅개미[44] 풀밭에 놀고
    처녀와 총각은 골방[45]에 노네
    아리아리 아리아리 아라리요
    아리랑 고개로 넘어가네.

29. 덜커덩 덜커덩 찧느나방아[46]
    언제나 다찧고서 낮일을 갈꼬[47]

---

42) 눈썰미
43) 마음
44) 땅 거미, 거미의 하나
45) 작은 방
46) 찧는 방아

아리아리 아리아리 아라리요
아리랑 고개로 넘어가네.

30. 왈카당 덜커덩 껕보리방아
    언제나 다찧어서 밥해먹나
    아리아리 아리아리 아라리요
    아리랑 고개로 넘어가네.

31. 바람불어서 씨러진낭근[48]
    눈비온다고 일어날까
    아리아리 아리아리 아라리요
    아리랑 고개로 넘어가네.

32. 눈비와서러 씨러진낭근
    바람분다고 일어나날까
    아리아리 아리아리 아라리요
    아리랑 고개로 넘어가네.

33. 술먹고 싶거든 찬냉수[49] 먹지

---

47) 갈까
48) 쓰러진 나무

돈안가주고 술집엔 니왜왔노
아리아리 아리아리 아라리요
아리랑 고개로 넘어가네.

34. 앞강에 뜬배는 임싣는배요
    뒷강에 뜬배는 나 싣는배라
    아리아리 아리아리 아라리요
    아리랑 고개로 넘어가네.

35. 마굿깐 맨소는 잠자는소고
    들판애 맨소는 일하든소라
    아리아리 아리아리 아라리요
    아리랑 고개로 넘어간다

36. 두메골 처자만 친했으면
    옆구리만 쿡찔러도 감자밭주네
    아리아리 아리아리 아라리요
    아리랑 고개로 넘어가네.

---

49) 찬물

37. 칠라당 팔라당 옥갑사댕기
    곤때50)도 안묻어서 이별일세
    아리아리 아리아리 아라리요
    아리랑 고개로 넘어간다.

38. 산골에 큰애기 복도업서51)
    사주복바다노코52) 줄초상53)났네
    아리아리 아리아리 아라리야
    아리라앙 고개로 넘어가네

39. 만내보세 만나보세 만나나보세
    살구나무 정자로 만내보세
    아리아리 아리아리 아라리요
    아리랑 고개로 넘어가네.

40. 살구나무 정자는 구정자요
    오동나무 정자로 만내주세
    아리아리 아리아리 아라리요

---

50) 옷에 묻은 때(오래 묵은 때)
51) 없어
52) 사주볼 날짜 잡아놓고
53) 여러 사람이 이어 죽은 것

아리랑 고개로 넘어가네.

41. 남의집영감은 인력거 자동차를탔는데
우리집 저문디[54]는 콩밭골만 탄다.
아리아리 아리아리 아라리요
아리랑 고개로 넘어가네.

42. 일본아 동경아 얼마나 좋아
꽃같은 나를두고 일본을 가나
아리아리 아리아리 아라리요
아리랑 고개로 넘어가네.

43. 일본아 동경은 얼마나좋아
울퉁불퉁 나를두고 왜아니오노
아리아리 아리아리 아라리요
아리랑 고개로 넘어가네.

44. 신작론[55] 널버서[56] 길가기 좋고

---

54) 여기서는 자기 남편을 낮추어(얕잡아)서 부르는 말
55) 신작로(新作路)
56) 넓어

전깃불 발가서[57] 임보기좋네
아리아리 아리아리 아라리요
아리랑 고개로 넘어가네.

45. 시집을 못가면 무시나[58]걱정
야마도 공장에 돈벌러가지
아리아리 아리아리 아라리요
아리랑 고개로 넘어가네.

46. 장개[59]를 못가면 무시나걱정
남사당 패장에돈벌러거세
아리아리 아리아리 아라리요
아리랑 고개로 넘어가네.

47. 말하고 싶거든 전화통에하고
임보고 싶거든 사진을보소
이리아리 아리아리 아라리요
아리랑 고개로 넘어가네.

---

57) 밝아
58) 무슨
59) 장가

48. 임보고 싶거던 사진을보고
    말하고 싶거던 전화통데고
    신장로[60] 고와서 길가기좋고
    아리랑 고개로 단들이 넘세

49. 니 잘났다 내 잘났다 도투지말고
    연지찍고 분바르면 다 잘났지
    아리아리 아리아리 아라리요
    아리랑 고개로 넘어간다.

50. 아리아리 아리아리 아라리요
    생감자를 먹었는지 왜이리아려
    언제나 언제나 돈 많이 벌어
    고대광실 높은집에 잘살아 볼꼬[61]

51. 아리아리 아리아리 아라리요
    생감자를 먹었는가 왜이리아려
    무정한 세월아 가지를마라
    꽃과같은 내청춘 다 늙어건다.

---

60) 신작로(新作路)
61) 볼까?

52. 아리아리 아리아리 아라리요
    아리랑 얼씨구 잘넘어간다
    놀다가 죽어도 원통타한데
    일하다 죽어지면 어찌나할꼬

53. 아리아리 아리아리 아라리요
    아리랑 고개로 넘어간다
    금년농사 못짓는거 후년에 짓고
    꼴두바우(62) 우구치(63)로 놀러가세

54. 금년농사 못짓는거 후년에 짓고
    꼴두바우 우구치로 돈 벌러가세
    아리아리 아리아리 아라리요
    아리랑 고개로 넘어간다.

55. 금년농사 못짓는거 어찌나할꼬
    우리아베(64) 환갑잔치 어찌하노
    아리아리 아리아리 아라리요

---

62) 강원도 영월군 상동읍 꼴두바우 광산촌
63) 우구치(牛口峙)-경상북도 봉화군 춘양면, 남한강의 발원지 계곡
64) 아버지

　　　아리랑 고개로 넘어간다

56. 환갑잔치 못하는 건 후년에하지
　　　우리손자 배골는건65) 어찌보노
　　　아리아리 아리아리 아라리요
　　　아리랑 고개로 넘어간다.

57. 우리손자 배골는건 어찌보노
　　　웃동네 이서방네 품66)팔로가세
　　　아리아리 아리아리 아라리요
　　　아리랑 고개로 넘어간다

58. 아리아리 아리아리 아라리요
　　　얼었다가 녹아지면 봄철이라

59. 아리아리 아리아리 아라리요
　　　아리랑 얼씨구 놀다가보세
　　　아리랑 고개는 열두나고개
　　　임자당신 넘는고개 한고개라

---

65) 배고픈 것
66) 일(노동)을 해서 돈 받는 일

60. 오라배[67]야 장가는 후년에가고

　　깜둥암소[68] 팔아서 날치워주소[69]

　　아리아리 아리아리 아라리요

　　아리랑 고개로 넘어간다

61. 아리아리 아리아리 아라리요

　　생감자를 먹었는지 왜이리아려

　　친정살림 알뜰하면 내살림데나[70]

　　놋양푸이[71] 후두들겨 엿사먹세

62. 아리아리 아리아리 아라리요

　　아리랑고개로 단둘이넘세

63. 옥양목 저고리 낟끝동달고

　　손목만 까딱해도 날오라하네

　　아리아리 아리아리 아라리요

　　아리랑고개로 넘어간다.

---

67) 오라버니-오빠
68) 검은암소-여기서는 작은 암소(송아지정도)
69) 나를 시집보내주세요
70) 되나
71) 놋쇠로 만든 양푼

64. 일년에 열두달 남의집 살아
　　다래발린 곰방주우[72] 생짜증나네
　　아리아리 아리아리 아라리요
　　아리랑 고개로 넘어간다.

65. 세상천지 못할짓은 남의집종사
　　먹고새면 일만해도 생짜정[73]나네
　　아리아리 아리아리 아라리요
　　아리랑 고개로 넘어간다.

66. 알뜰이 살뜰이 돈 많이벌어
　　고대광실 높은집에 잘 살아보세
　　아리아리 아리아리 아라리요
　　아리랑 고개로 넘어간다.

67. 술가야 담배는 내 심중알고
　　한품에 든 임도야 내 심중몰라
　　아리아리 아리아리 아라리요
　　아리랑 고개로 넘어간다.

---

72) 짧은 바지
73) 짜증

68. 선추마74) 끝에다 탁주병달고
    오동나무 숲속으로 임찾아가세
    아리아리 아리아리 아라리요
    아리랑 고개로 넘어간다

69. 시어머님 잔소리는 설75)비상76)같고
    낭군님의 잔소리는 꿀맛과같다
    아리아리 아리아리 아라리요
    아리랑 고개로 넘어간다.

70. 시아버님 잔소리는 호랑이소리
    시누이 잔소리는 칼날이라
    아리아리 아리아리 아라리요
    아리랑 고개로 넘어가네

71. 날가라네 날가라네 날가라네
    삼베질쌈77) 못한다고 날가라네
    아리아리 아리아리 아라리요

---

74) 나지막한(한사람의 키 장도) 추녀
75) 약한
76) 독약
77) 길쌈

아리랑 고개로 넘어간다

72. 삼베질쌈 못하는건 배우면되지
    아들애기 못난느건[78] 어찌나할꼬
    아리아리 아리아리 아라리요
    아리랑 고개로 넘어간다

73. 시집살이 못하고 가라면갔지
    양골연[79] 술안먹고 나못살아
    아리아리 아리아리 아라리요
    아리랑 고개로 님어간다

74. 어마님요 어마님요 내베를 보소
    아들애기 낳을라고 벌렁벌렁
    아리아리 아리아리 아라리요
    아리랑 고개로 넘어간다

75. 어마님요 어마님요 어찌나해요

---

78) 낳는 것
79) 담배-여기서는 담뱃대에 넣어서 피우는 담배가 아니라 담배를 종이에
    말아서 피우는 것

하늘을 봐야만 별을따요

아리아리 아리아리 아라리요

아리랑 고개로 넘어가네

76. 봄철인지 갈철80)인지 나몰랐더니

뒷동산 매화춘절 날알켜주네81)

아리아리 아리아리 아라리요

아리랑 고개로 넘어간다

77. 세월아 갈려면 지혼자가지82)

꽃과같은 내청춘 왜대리가노83)

아리아리 아리아리 아라리요

아리랑 고개로 넘어간다

78. 아리랑고개는 열두나고개

임자당신 넘는고개 한고개라

아리아리 아리아리 이라리요

아리랑 고개로 넘어간다

---

80) 가을철
81) 나를 알려주네
82) 저 혼자 가지
83) 왜 데려 가느냐

79. 아리랑 고개를 넘을줄 알면

　　요적조적84) 질러가서85) 꼭 부짭지86)

　　아리아리 아리아리 아라리요

　　아리랑 고개로 넘어간다

80. 낙성칠백87) 사철리88)에 오입89)도가고

　　장기장농 오육년90)에 전쟁이났네

　　아리아리 아리아리 아라리요

　　아리랑 고개로 넘어간다.

81. 삼철리91) 강산에 철사줄걸고92)

　　사기호동 조화로 임소식오네93)

　　아리아리 아리아리 아라리요

　　아리랑 고개로 넘어간다

---

84) 요리 조리
85) 가까운 곳으로
86) 붙잡다
87) 낙성칠백(落成七百)
88) 四千里
89) 誤入
90) 五・六年
91) 三千里
92) 전화선 걸고
93) 전화기에서 들려오는 임소식

82. 임보로 갈라고 삐슨머리[94]

요몹쓸 돌개바람[95] 다흔트렸네[96]

아리아리 아리아리 아라리요

아리랑 고개로 넘어간다

83. 간다야 못간다 얼마나울어

정거장 마당이 한강수대나[97]

아리아리 아리아리 아라리요

아리랑 고개로 넘어간다

84. 논 차지 밭 차진 양반들차지

우리네 차지는 일차지라

아리아리 아리아리 아라리요

아리랑 고개로 넘어간다

85. 산차지 들차지 농군들차지

장모님 딸치지는 내차질세

아리아리 아리아리 아라리요

---

94) 빗질한 머리
95) 회오리바람
96) 흐트러지다
97) 한강수(漢江水) 되느냐

아리랑 고개로 넘어간다

86. 장모님 딸차지는 가매차지
    사내들 차지는 가매꾼일세
    아리아리 아리아리 아라리요
    아리랑 고개로 넘어간다

87. 놀다가 죽어도 원통타한데
    일하다가 죽어지면 어찌나하노
    아리아리 아리아리 아라리요
    아리랑 고개로 넘어간다

88. 간대야98)쪽쪽이99) 정들어노코
    정들고 못사는건 하루개여자
    아리아리 아리아리 아라리요
    아리랑 고개로 넘어간다

89. 산중에 귀물은 머루야 다래
    인간에 귀물100)은 기생에 몸이라

---

98) 가는 곳
99) 곳 곳

아리아리 아리아리 아라리요
아리랑 고개로 넘어간다

90. 두메나 산골 꽁꽁 언 물
　　요내맘언것은[101] 언제 풀리나
　　아리아리 아리아리 아라리요
　　아리랑 고개로 넘어간다

91. 우수야 경칩에 대동강 풀려
　　정든님 말씀에 내맘풀려
　　아리아리 아리아리 아라리요
　　아리랑 고개로 넘어간다

92. 술집에 가거든 술이나먹지
　　월급없는 잔소리 하지를마라
　　아리아리 아리아리 아라리요
　　아리랑 고개로 넘어간다

93. 술집에 가거든 술이나먹지

---

100) 귀물(貴物)
101) 이 내 마음 언 것은

술집여자 손목은 왜 잡았노
아리아리 아리아리 아라리요
아리랑 고개로 넘어간다

94. 좋은술 먹거든 취치나말지
내기집[102] 남의기집 왜모르노
아리아리 아리아리 아라리요
아리랑 고개로 넘어간다

95. 공중에 뜬나비 꽃보고 안지마라
왕거미 줄쳐놓고 너오길바래
아리아리 아리아리 아라리요
아리랑 고개로 넘어간다

96. 마당에 꼬꼬야 병아리봐라
하늘에 날쌘새매[103] 노려본다
아리아리 아리아리 아라리요
아리랑 고개로 넘어간다

---

102) 계집
103) 날쌔고 빠른 매

97. 왈카당 달커당 찧는방아
　　주야를 모르고 찧는구나
　　아리아리 아리아리 아라리요
　　아리랑 고개로 넘어간다

98. 앞산아 뒷산아 왜무너졌나
　　신작로 댈라꼬 무너졌지
　　아리아리 아리아리 아라리요
　　아리랑 고개로 넘어간다

99. 물건네 저쪽에 수첩104)을두고
　　죽었는지 살았는지 댕기105)로가세
　　아리아리 아리아리 아라리요
　　아리랑 고개로 넘어간다

100. 물건너 첩의집에 댕기로가니
　　봉당106)엔 낯선신발 두짝이라
　　아리아리 아리아리 아라리요

---

104) 首妾 - 여럿의 첩 중에 으뜸
105) 다녀
106) 마루나 방에 들기 전에 신발을 벗어 놓을 자리

아리랑 고개로 넘어간다

101. 콩밭에 원수는 비둘케[107]요
　　　우리네 원수는 삼팔선일세
　　　아리아리 아리아리 아라리요
　　　아리랑 고개로 넘어간다

102. 새끼야 백발[108]은 쓸데는있지
　　　사람에 백발[109]은 쓸떼가 없네
　　　아리아리 아리아리 아라리요
　　　아리랑 고개로 넘어간다

103. 백발을 막을라꼬 대문에서서
　　　엄나무가시 한줌들고[110] 뜬눈일세
　　　아리아리 아리아리 아라리요
　　　아리랑 고개로 넘어간다

---

107) 비둘기
108) 두 팔을 벌려 왼손 끝에서 오른손 끝까지를 한 발로 한다. 백발이면 두
　　팔 길이의 백배(매우 많음을 뜻함)
109) 백발(白髮)－센 머리틸(흰 머리카락)
110) 한 주먹 들고

104. 산천이 고와서 나 여기왔나
　　　우리살림 일으키러 나 여기왔네
　　　아리아리 아리아리 아라리요
　　　아리랑 고개로 넘어간다

105. 놀기야 좋기는 새장구111)복판112)
　　　잠자기좋기는 큰애기복판
　　　아리아리 아리아리 아라리요
　　　아리랑 고개로 넘어간다

106. 무정한 기차야 소리를마라
　　　살란113)한 우리마을 또 살란하다
　　　아리아리 아리아리 아라리요
　　　아리랑 고개로 넘어간다

107. 앞집에 처녀는 시집을 가는데
　　　뒷집에 총각은 목메로가네
　　　아리아리 아리아리 아라리요

---

111) 새로이 마련한 장구
112) 가운데
113) 산란(散亂)

아리랑 고개로 넘어간다

108. 세월이 가는건 바람결같고
　　　사람이 늙기는 물거품같다.
　　　아리아리 아리아리 아라리요
　　　아리랑 고개로 넘어간다

109. 호박은 늙으면 보기나좋아
　　　우리청춘 늙으면 보기는숭해[114]
　　　아리아리 아리아리 아라리요
　　　아리랑 고개로 넘어간다

110. 구개진[115] 삼베적삼 다림질하네
　　　구개진 내얼굴 어찌나다려
　　　아리아리 아리아리 아라리요
　　　아리랑 고개로 넘어간다

111. 먹배골[116] 산줄기 비 올듯말듯

---

114) 흉하다
115) 구겨진
116) 예천군 보문면 오암리의 골짜기 이름

어린가장117) 품안에 잠들든말든

아리아리 아리아리 아라리요

아리랑 고개로 넘어간다

112. 학가산118) 상상봉119) 외로운소나무

날가도같이120) 외로이섰네

아리아리 아리아리 아라리요

아리랑 고개로 넘어간다

113. 학가산 상상봉 아침해는

아침이슬 떨어지니 일하로가네

아리아리 아리아리 아라리요

아리랑 고개로 넘어간다

114. 아침햇살 너는어찌 발가121)오노

새벽단잠 장달122)소리 내못살세

117) 어린 家長(나이 어린 남편)
118) 예천, 안동, 영주의 경계에 있는 산 이름
119) 예천사람들은 인물봉, 영주사람들은 노적봉, 안동사람들은 문필봉이라
    고도 하며, 지역과 사람에 따라서 자기쪽에 유리하게 부르기도 함
120) 나와 같이
121) 밝아
122) 수탉

아리아리 아리아리 아라리요
아리랑 고개로 넘어간다

115. 부모자식 이별에는 눈물이 돌고
정든임 이별에는 천지가 도네
아리아리 아리아리 아라리요
아리랑 고개로 넘어간다

116. 바람이 불라면 지하바람불고
풍년이 질라면 임풍년지소
아리아리 아리아리 아라리요
아리랑 고개로 넘어간다

117. 청춘아 하늘에는 잔별도 만코
우리네 살림살이 걱정도 만타
아리아리 아리아리 아라리요
아리랑 고개로 넘어간다

❖ 덧붙임

노래하는 사람의 홍에 따라 가사를 붙여, 앞사람에 이어 뒷사람이 받는 輪唱을 하면서 입에서 입으로 전해 수세기에 걸쳐 口傳되어 온 것이다.

1978년 7월 첫 조사 녹음 시 양옥교(女, 61세-환갑년) 할머니와 김석이(女, 61세-환갑년), 박금년(女, 54세), 안분녀(女, 60세-필자의 어머니) 할머니는 모두 예천읍 통명리 웃마을에 사시는 이웃사람이며 아침저녁으로 인사하고 들이나 마실에 모이는 정다운 동무와도 같은 사이였다.

안귀녀(女, 1911년생)할머니는 최병근씨의 어머니로서 통명리에 거주 했으나 위의 분들과는 가까이 지내신 편은 아니다.

1978년에 조사한 내용을 1979년(예천통명농요가 재20회전국민속예술경연대회출연 연습기간)에 『뿌리깊은나무』(1979년 10월호-『뿌리깊은나무』사)사에 발표를 계기로 예천의 토속민요가 알려졌다.

이후 영남일보(1990년 5월 1일)에서 「영남아리랑」을 기획보도하면서 7번째로 '醴泉아리랑'을 소개 보도하였고, 1996년 12월 중요무형문화재 제84-나호 예천통명농요 보존회(회장 이상휴)에서 '예천아리랑 학교'를 개설하여 지역주민들에게 예천아리랑을 전수하였다.

2001년 12월 1일 문경에서 제8회 경상북도 향토민요 경창대회에 예천대표로 권미희, 황윤선씨가 '예천아리랑'을 불러 우수상을, 사단법인 한국민족예술인총연합회 예천지부에서 지역축제이름을 '예천아리랑제'라 하여 개최함으로 우리고장에도 토속적인 '아리랑'이 있다는 것을 널리 알렸다.

이상휴(男, 1933년생)씨, 이종호(男, 1935년생)씨, 최병근(男, 1933년생)씨, 김진한(男, 1934년생)씨도 통명리에 주민으로 중요무형문화재 제84－2호 예천통명농요 단원으로서 활동을 하게 됨에 자연스럽게 우리의 토속민요나 민속에 대하여 자주 접하고 수시로 녹음이나 채록을 할 수 있었다.

음악은 그 지역의 자연환경과 밀접한 관계가 있다고 한다.

강원도는 산이 높아 길을 가더라도 느리게, 느린 음악, 남쪽의 해안지방은 빠르고 경쾌함을, 넓은 들판이 있어 여유로움을 가지고 있다고 생각한다. 예천지역은 높은 산이나 들판이 없다. 해안은 더욱이 멀고도 멀다.

예천아리랑도 지역적인 특색을 찾는다면 느린 것도 아닌, 그렇다고 빠르고 경쾌함보다는 여유를 가진 음악, 멋을 부리고 있는 것이 아닌가 생각해 본다. 특히 받는구에서 사설을 넣어 음악의 멋과 소리의 맛을 더해주고 있다고 본다.

05 근친노래

노래 : 양옥교

이기정이 자는 방에 양옥기라 자러[1] 들고

양옥기라 자는 방에 이기정이 자러로 들고

이기정이 망건 건데 양옥기라 달비 걸고

양옥기라 달비 건데 이기정이 망건 걸고

이기정이 상옷 건데 양옥기라 치마 걸고

양옥기야 치마 건데 이기정이 상옷 걸고

이기정이 박을 숨어[2] 양옥기라 북[3]을 주고

가물[4]엘랑 손을 주고 장마엘랑 북을 조라[5]

그야 끝에 잠이 들어 양옥기라 무불[6]일세

---

1) 잠을 자러
2) 심어
3) 식물의 뿌리를 싸고 있는 흙-식물이 넘어지지 않게 흙을 쌓는 일
4) 가뭄
5) 주어라
6) 무불(無不)

그야 끝에 열매 연것 이기정이 하나일세
양옥기도 사랑일고

❖ 덧붙임

정혼한 동무를 놀리는 노래다. 양옥교할머니께서 10대에 친정
(예천군 호명면 직산리-피실)에서 올케로부터 배웠다고 했다.

여기서 이기정은 신랑을 말하고, 양옥기는 신부를 말한다. 정혼
을 하면 여자 동무들이 신랑감의 이름을 알아 신부감을 놀리며 한
바탕 웃음판을 벌린다. 이 때 신부는 동무들의 입을 막으려고 발
을 동동 굴리고, 동무들은 그러면 더욱 짓궂게 놀린다.

정혼이라고 해 봐야 신랑과 신부는 자기가 만나서 평생을 살 사
람이 어떻게 생겼는지 뒷모습도 못 본체 가문과 지체에 따라 어른
들의 약속에 따라야 했으니 이역들의 궁금한 마음을 헤아릴 수가
없었겠지만 같은 또래의 동네 처녀들은 동무가 시집을 간다니 부
러움이 앞설 수밖에 없다.

"그야끝에 열매연것 이기정이 하나일세 양옥기도 사랑일고"
하는 대목에서 보듯이 동무의 앞날이 잘 되기를 바라는 마음이 함
께 표현되어 있다. 말하자면 아버지인 이기정을 하나같이 쏙 빼
닮은 아들을 낳고, 그로 인해서 어머니인 양옥기는 시집식구들의
사랑을 받게 되기를 축원 해 주는 것이다.

06 어부네이수나(쌍그네 뛸 때 부르는 노래)*

노래 : 양옥교

오부레이[1] 수나
앞산에는 잎이피고
뒷산에는 꽃이피고
꽃은꺾어 머리꽂고
잎은뜯어 시금[2]불고
눈빠진데 불콩[3]박고
이빠진데 박씨박고
혀빠진데 신짝달고
머리신데 먹칠하고
항해딩해 놀러가세
오부네이수나

---

* 단오절에 두 사람이 뛰는 그네
1) '아부레이'로 쌍을 말함
2) 풀피리
3) 검은콩(겉은 검고 속은 흰색의 콩)

실패야 골패야

내손 끝으로 돌아라

멀구4)야 다래야

덤부5)설6) 밑으로만 돌아라

꼭감7)아 대추야

제상우로8)만 돌아라

오부레이 수나

❖ 덧붙임

단오절(음력 5월 5일) 아침이나 전날 오후에 짚으로 굵은 새끼줄을 꼬아 동리의 큰 나무에 그네를 메고 아낙네나 처녀들이 쌍쌍이 모여 그네를 뛰면서 부르는 노래다.

'오부네이수나', '어부레이수나', '아부네이수나'라고도 하여 한 사람이 아닌 두 사람이 합할 때를 '두 사람이 어울렸다'고 한다. 갈림길이 합쳐진 곳을 '아부레이진곳', 몸에 상처가 나서 살이 헤어진 상태에서 봉합되었을 때를 '아물다', 다리를 쩍 벌리고 있으

---

4) 머루
5) 덩굴
6) 숲
7) 곶감
8) 제상(祭床) 위로

면 보기 싫으니 다리를 '오무리'라고 하는 것처럼 둘이 하나로 될 때를 '아부레이', '어부레이', '오부레이'한다.

중요무형문화재 제84-2호인 예천통명농요의 모심기 노래에서 '아부레이수나'도 이와 같은 뜻이다.

그네를 뛸 때 혹자는 '모기 날리로 가자'라고도 한다.

07 징금이 타령

노래 : 양옥교

1. 징금1)아 징금아 내 돈 석 냥 내나라2)

   앳다 바라3) 징금아 내 다리를 끄너4) 가주고5)

   재칠게6) 전7)으로 팔아도 니돈 석냥 가프마8)

2. 징금아 징금아 내 돈 석 냥 내 나라

   앳다 바라 징금아 내 팔을 끄너 가주고

   짜줄게9) 전으로 팔아도 니 돈 석냥 가프마

---

1) 민물새우
2) 내 놔라, 내놓아라
3) 봐라, 보아라
4) 끊어
5) 가지고
6) 부엌 아궁이에 쌓인 재를 끌어내는 도구
7) 시장, 난전
8) 갚으마
9) 짜줄게－목화의 씨앗을 뺄 때 사용하는 쐬기의 손잡이

3. 징금아 징금아 내 돈 석 냥 내 나라

   앳다 바라 징금아 내 입을 끄너 가주고

   돼지나발로 팔아도 니 돈 석냥 가프마

4. 징금아 징금아 내 돈 석 냥 내 나라

   앳다 바라 징금아 내 코를 삐져 가주고

   먹통10)으로 팔아도 니 돈 석냥 가프마

5. 징금아 징금아 내 돈 석 냥 내 나라

   앳다 바라 징금아 내 눈을 파내11) 가주고

   불콩12)전으로 팔아도 니 돈 석냥 가프마

6. 징금아 징금아 내 돈 석 냥 내 나라

   앳다 바라 징금아 내 귀을 삐저 가주고

   골굼짠지13)로 팔아도 니 돈 석냥 가프마

7. 징금아 징금아 내 돈 석 냥 내 나라

   앳다 바라 징금아 내 모간질14) 끄너 가주고

---

10) 먹물을 넣는 통 또는 목수들이 사용하는 도구
11) 파내어
12) 겉은 검고 속은 흰색의 콩
13) 무말랭이로 만든 김치

항새15)전으로 팔아도 니 돈 석냥 가프마

8. 징금아 징금아 내 돈 석 냥 내 나라
   앳다 바라 징금아 내 머리를 끄너 가주고
   뱃사공한테 나발로 팔아도 니 돈 석냥 가프마

9. 징금아 징금아 내 돈 석 냥 내 나라
   앳다 바라 징금아 내 채일16) 끄너 가주고
   빨래줄로 팔아도 니 돈 석냥 가프마

   징금아 징금아 앳다 바라 징금아.

❖ 덧붙임

다리를 뻗어도 자리를 봐가며 뻗으라고 했는데…….

생활이 어려운 사람에게 빌려준 돈을 갚으라고 졸라데니, 아무리 어렵고 곤궁해도 남에게 진 빚을 갚겠다는 뜻으로 노래한다.

생활의 빚, 마음의 빚 어느 것이 더 중히 여기는지, 어느 것 하나라도 남에게 피해를 주지 않고 살겠다는 의지와 여유를 볼 수 있다. 현대인들에게 교훈과 귀감이 될 노랫말이라고 생각 한다.

---

14) 모가지를, 목을
15) 황새, 목이 긴 새
16) 창자

08 과부타령(달거리)

노래 : 안귀녀

정월이라 대보름날 탑교[1]치는 명절인데

청춘남녀 짝을지와 녹의홍상 곱게하고

탑교치로 가건마는 우리님은 어델갔게[2]

탑교치잔 말이없네

이월이라 한식날[3]은 개자축[4]이 여기로다

북망산천[5] 찾아가서 무덤을 안고 통곡을하니

야속한임 왜우난 말한마디 전혀없네

---

1) 답교(踏橋) - 다리밟기
2) 어디를 기서
3) 4대 명절의 하나로 청명절(淸明節) 다음날이거나 같은 날에 든다. 계절석으로는 한 해 농사가 시작되는 철이기도 하며, 겨우내 무너져내린 무덤을 보수하는 때이기도 하다
4) 개자추-중국의 옛 풍속으로 이날은 풍우가 심하여 불을 금하고 찬밥을 먹는 습관에서 그 유래를 찾기도 한다
5) 북침시신면(北寢屍身眠)-묘지를 쓸 때 북쪽으로 죽은 시신의 머리를 두어야 편히 잠든다고 하는 종교영향의 장묘풍습

삼월이라 삼진날6)은 강남갔던 제비는

옛집을 찾아오고 경동7)천동8)아래

기러기도 옛집을 찾아가고 우리임은

어델가서 집찾아 올줄 왜 모르는고

사월이라 초파일에 석가여래9) 문을열고

집집마다 등을달고 자손바래 하건마는

나같은 몸이야 하늘을 봐야 별을 따지

발원한들 소용있나

오월이라 초닷샛날 추천10)하는 명절인데

청춘남녀 짝을지와 추천하러 오라가락하건마는

우리임은 어델가서 추천하로 아니오네

유월이라 유두명절11) 독수공방 홀로앉아

---

6) 음력 3월 3일
7) 온 땅덩어리가 기울어져 움직임
8) 천둥-하늘이 요란하게 울림
9) 釋迦如來
10) 그네 뛰는
11) 음력 6월 15일-산과 계곡을 찾아 하루를 즐기고 더위를 피하는 풍습

쫄깃쫄깃 차노치12)로 혼자먹기 원통하네

칠월이라 칠석날은 은하작교 다리놓고

견우직녀13) 일년에

머나먼 길에 한번씩 만나는데

십년이 되어도 못오시고

백년이 되어도 못오시네

팔월이라 한가윗날 집집마다 햅쌀가지고

송편빚어 조상찾아 보건마는

우리임은 어델가서 조상찾아 올줄 왜 모르는고

구월이라 구일날14)은 제관들은 큰옷입고

오락가락 산소에 댕기는데

우리임은 어델가서 산소도 찾아볼줄 왜 모르는고

---

12) 찹쌀가루에 지치로 분홍색 물을 들인 뒤 익반죽하여 큼직하게 기름에 지
진 떡. 차노치는 경상도 지방에서 즐겨 만들어 먹던 향토떡
13) 견우와 직녀가 까마귀와 까치들이 놓은 오작교에서 1년에 1번씩 만났다
는 전설
14) 음력 9월 9일. 9가 두 번 겹치는 중양절(重陽節), 중양절에는 국화전이나
국화주를 즐겼고, 추석날 차례를 올리지 못하면 이날 차례를 지내기도
함

시월이라 상달에 제수사망이나 빌어볼까

터주님15)전 불근설기16) 삼신님17)엔 백편18)이요

민가복가 빌어볼까

동짓달에 들어서서 팟죽을 끓여서 먹고나니

새알을 하나 먹고보니

나이는 하나 더 붓는데

임은하나 더 안 생기는고

섣달이라 그믐날에 닥쳐오니

조리19)장사는 복조리 사라고 오라가락하건마는

복건지는 조리는 있는데

임건지는 조리는 왜 없는고

❖ 덧붙임

여자의 삶은 三從之義라 하여 봉건시대의 여자들이 지켜야 할
세 가지 도리. 즉 집(시집가기 전)에서는 아버지를, 시집가서는 남편

---

15) 집 지은 터를 지킨다는 지신
16) 붉은 시루떡
17) 우리나라의 땅을 마련했다는 환인, 환웅, 환검의 총칭
18) 백설기 떡
19) 쌀을 이는 데 쓰는 도구

을, 남편이 죽은 후는 자식을 따르는 것을 행실의 근본으로 알고 생활했다. 과부가 된 몸으로 기나긴 세월 혼자서 밤을 밝히며 쌓인 한을 한숨 섞인 노래로 신세타령한 것이다.

정월부터 섣달까지 열 두 달의 큰 명절을 생각하며 풍습을 노래하고 해야 할 일이 무엇인지를 알려준다.

그렇게 해서 한해를 보낼 때는 객지에 간 식구들이 모여도 한번 가서 다시 올 줄 모르는 낭군을 생각한다.

복 건지는 조리는 있으나 임을 건지는 조리는 없다고 하소연으로 노래를 맺는다.

09 시집살이

노래 : 안분녀

성님[1] 성님 사촌성님 시집살이 어떠턴고[2]

시집살이 말도마라

생강 회초[3] 맵다해도 시집만치 매우리까

꼬치[4]가 맵다해도 시집만치 매우리까

그방치장[5] 어떠하도 천장에는 달이뜨고

벼르박[6]엔 별이뜨고

무자이불 발체[7]발체 던져놓고

샛별겉은 놋요강은 윗목에 던져노코[8]

---

1) 형님
2) 어떻던고
3) 한약제로 쓰이는 회첩
4) 고추
5) 신혼방
6) 벽
7) 발치-누워있을 때 발을 뻗는 곳
8) 놓고

오동장농 갯게수는 바리바리 들게9)노코

잣비게를 머리맡에 던져노코

전방같은 팔을비고 연지겉은 해를보고

임의품에 잠을자고 시집간지 사흘만에

위씨겉은 전이밥10)을 식기굽11)에 담아주데

삼년묵은 묵나물을 대접굽에 담아주데

삼년묵은 덤북장12)을 탕기굽에 담아주데

밤우젖13)이 젖일렁가 어무젖14)이 젖이제요

맹태15)고기 고길렁가 청애16)고기 고기제요

시집긴지 사흘만에 아바님17)요 아바님요

동해동산 해돋앗소 시숫물18)에 시수하고

아침진지 잡수시소 애라요년 듣기실타

니나먹고 개나주고 밭이나메로 가거라

어머님요 어머님요 동해동산 해돋앗소

---

9) 쌓아
10) 쌀밥
11) 밥그듯
12) 청국장
13) 범의 귀
14) 어머니의 젖
15) 명태
16) 청어
17) 아버님
18) 세숫물

시숫물에 시수하고 아침진지 잡수시소

애라요년 듣기실타 니나먹고 개나주고

밭이나메로 가거라 액시님[19]요 액시님요

동해동산 해돋앗소 시숫물에 시수하고

아침진지 잡수시소 애라요년 듣기실타

니나먹고 개나주고 밭이나메로 가거라

대련님[20]요 대련님요 동해동산 해돋앗소

시숫물에 시수하고 아침진지 잡수시소

애라나는 모르겟소

이렇게 해서 며느리는 밥을먹지 않고 개만주고는

밭을 메로갔다.

한길[21]같은 사래진밭을 미겉이[22]도 지슨밭[23]을

한골메고 돌아보이 점심때가 아이댔네

두골메고 돌아보이 점심때가 아이댔네

두골반을 메고보이 해가 척 찌부러[24]졌네

집이라고 오이 온식구가 겉더도[25] 아이봐[26]

---

19) 시누이
20) 도련님
21) 길고 긴
22) 묘
23) 풀이 많이 난
24) 반이 넘게 넘어간 모양
25) 쳐다 도

내자는 방에 들어가 시금시금 시실랑요

나는가요 나는가요 농문을 열고보이

무명팔폭치매27) 한폭뜨더28) 바랑짓고

두폭뜨더 고깔짓고 물맹지29) 팔폭치매

니30)폭뜨더 고두마리 짓고

시폭뜨더 쪽저고리 짓고

한폭은 째서 걸매질빵하고

이렇게 해서 스님복장을 하고 간 곳은 친정 뿐

친정이라 찾아가서

(어머님을 보고) 이 댁에 시주 좀 하시오

시주상31) 하지마는 천상우리32) 딸 모습겉다

대천지 너른따에33) 한 얼굴이 없습니까

(오라 빗 댁을 보고) 이 댁에 시주 좀 하시오

시주상 하지마는 천상우리 시누겉다

(손자를 업고 있는 아버지를 보고)

---

26) 아니 본다
27) 치마
28) 뜯어
29) 명주
30) 네(4)
31) 시주는
32) 꼭 우리
33) 넓은 땅에

이 댁에 시주 좀 하시오

시주상 하지마는 천상우리 딸모습겉다

섬으로주요 말로주요 깨끗한 그릇으로 한봉두[34] 떠주니

끝이 없는 자루라 슬쩍 빠졌다.

은절주소 놋절주소 이대사야 이대사야

비를줄까 치[35]를줄까 비도싫소 치도싫소

수꾸대[36]를 꺾어주네 획집어 던져버리고

손으로 하나씨 둘씩 줍다보니 해가지네

우리대사는 비로쓰는 것 아니하고

은절로 놋절로 주운 것은 쓰고

이집에 잠좀잡시다 마루애도 못잔다

처마밑에도 못잔다 죽지고방[37] 있는데 자라하니

우리어메 눈어둡네 우리아부지 눈어둡네

우리형님 눈어둡네

하면서 통곡을 하니

그때서야 모든 식구가 나와서 같이울고

방으로 데리고 들어가더라

몇 년 후에 시집이라 찾아가니

---

34) 그릇 위에 수북하게 솟아오르게 담은 모양
35) 키
36) 수숫대
37) 소의 여물을 넣어두는 방

시어머님은 죽어서 미에 심술꽃이 만발하고
시아버님 미에는 심청꽃이 만발하고
시누미에는 개살꽃이 만발하고
시동생미애는 가니 실기꽃이 만발하고
신랑미에는 가보이께네 눈물꽃이 만발하네.

❖ 덧붙임

노래라고 하기보다는 이야기 형식의 타령조다. 안분녀(1978년 61세)는 12세 무렵 친정인 영주에서 익혔다고 함.

시집살이가 양잿물보다도 독하다고 하소연하며 시집가서 신방을 돌아보니 방 치장은 잘 되어있다고는 하나 천장에는 하늘의 달이 보이고 벽에서는 별이 보인다고 한다.

그 방에서 임의 품에 안기어 해가 뜨도록 잠을 잔 것까지는 좋았으나……

시집살이가 너무도 고달파서 시집갈 적에 해 간 옷을 뜯어 스님복장을 하고 친정이라 찾아가지만, 시집 간 딸이 스님이 되어 올 줄이야 꿈에 도 생각 못하고, 딸은 출가외인이라고 하더니, 아무리 스님복장이지만 이토록 몰라 볼 수가 있을까? 서러운 마음을 참느라고 쏟아진 쌀알 한 톨 한 톨을 주워 담으며 시간을 보낸다.

'벙어리 석 삼년, 귀머거리 석 삼년, 봉사 석 삼년'이라는 잘 알려진 속담이 있다.

알아도 모른 체, 들어도 못들은 체, 보아도 못 본체하고 삼년을 지내라는 뜻이다. 남의 며느리로 갔으니 매사에 조심, 또 조심하라는 뜻이겠지만 그 보다 더 조심할 수가 있을까.

시집가는 딸의 보자기속에 어머니는 돌을 하나 넣어 주면서 "딸아딸아 내 딸아, 시집을 가서 어느 때라도 이 돌이 말을 하거든 너도 말을 하여라"하고 타이른다.

딸은 그 말을 곧이 곧 데로 듣고 시집살이하면서 말 한마디 않고 벙어리처럼 일만하니 참다 못한 시어머니가

"우리 집은 너와 같은 벙어리 며느리는 둘 수가 없으니 보따리를 싸서 친정으로 돌아가거라" 했다.

그 며느리는 방에 들어가 장롱을 열고 돌을 꺼내 놓고 통곡을 한다.

> "돌아 돌아 이 돌아, 어이 그리 무정 하노, 내 시집오던 날 우
> 리 어메 말하기를 니가 말을 하거든 날 보고 말을 하라고 하니,
> 매일 같이 니가 말을 하는 날만 기다리니, 나는 벙어리 신세가
> 되어 친정으로 쫓겨 가니 어찌해야 좋단 말인가? 애고 답답하다.
> 이 돌아"

밖에서 그 푸념을 듣고 있던 시어머니는 그때서야 며느리의 사람 됨됨이를 알고 달래주니 며느리는 친정어머니의 가르침의 큰 뜻을 깨달아 기쁨에 못 이겨 더욱 섧게 운다.

10 효도 아리랑*

아리랑 아리랑 아라리요
아리랑 고개로 넘어간다.

1. 아기 업고서 고개넘기
   엄마는 얼마나 힘이들까.

2. 잘도 자라서 무거우면
   엄마는 좋아서 더 잘 넘네.

3. 쑥쑥 커가서 철이 들면
   부모님 은혜에 보답하리

4. 어른 되면 늙으신 부모님
   편히 모시고 살아가리.

※ 노래의 가사는 민요 채집 중 우연히 채집한 내용임

---

* '忠孝의 고장 예천'에 어울리는 노래라 본다.

11 국문 뒤풀이

구술자 : 오상감(남 : 1993년 당시 47세, 용문면 사부동)

가갸 거겨 하여쓰니[1] 가련하다 우리인생

거겨 고교 하여보니 거기있는 우리임아

고운님을 버려두고 옛정을 그려보자

고교구규 하여쓰니 고생하는 우리인생

구규구국 하여보니 국화주가 생각나네

나냐너녀 하여쓰니 나죽어도 너못살고

너죽어도 나못사네 너도살고 나도살자

노뇨누뉴 하여보세 노세노세 절머[2]노세

노인되어 놀자한들 힘업서서[3] 못노리라

누뉴느니 하고보니 누룩하니 막걸리라

---

1) 하였으니
2) 젊어
3) 없어서

다댜더뎌 하여더니 다정하안 임에품에
더뎌 도됴 하고보니 도화동에 누구인가
도됴두듀 하여쓰니 도라안즌[4] 매정한님
드디다아 하고보니 드러갈때[5] 머근[6]마음
덧업시[7]도 버려두고 임의생각 버려두자
들어가던 임의방에 다시한번 들고지고

라랴러려 하여쓰니 훨훨나는 저 기럭[8]아
러려 로료 하고보니 너를보니 상사로데
로료루류 하여쓰니 길로가던 노상행상
루류 르리 하여쓰니 치렁치렁 따은[9]머리
갑사댕기 고은머리 봄바람에 춤을추네

마먀머며 하여쓰니 마차[10]보세 마차보세
머며모묘 하고본다 명사십리 차자[11]가세

---

4) 돌아앉은
5) 들어갈 때
6) 먹은
7) 없이
8) 저 기러기
9) 땋은
10) 맞추어
11) 찾아

모묘무뮤 하고나니 머다[12]말고 모다[13]보세

무뮤므미 하여보세 무정하다 저세월아

모춘삼월 엔제오나 정처없는 저나그네야

무엇이 좋은손가 잠시나마 놀아보세

바뱌버벼 하여쓰니 바람찬 삭풍[14]이네

버벼보뵤 하고보니 버림받은 계절이라

벗업시는 어이할꼬 부용안색 초치[15]하네

보뵤부뷰 하여꾸나 누가나를 보호할꼬

부뷰브비 하여보세 부름받은 손님인가

비빕밥상 두레반[16]에 비벼비벼 먹는인심

사샤서셔 하여꾸나 사시사찰[17] 구분하니

서산에 지는해야 잠시나마 멈쳐다오

서셔소쇼 하자꾸나 이팔청춘 소년드라[18]

소쇼수슈 하여보니 소년들은 간데업소[19]

---

12) 멀다

13) 모아

14) 삭풍(朔風)-겨울철 북쪽에서 부는 쌀쌀한 바람

15) 초췌-고생이나 병에 지쳐 파리하고 약한 모습

16) 두레상-여러 사람이 둘러앉아서 먹을 수 있는 큰 상

17) 사철

18) 소년들아

수슈스시 하였구나 수시로야 먹은맘을
사자로고 사자로고 저승사자 사자구나

아야어여 하여쓰니 아름답던 백일홍아
어여오요 하여보니 어젯밤에 불던바람
덧업시도 날아가고 향기마저 날아갔네
오요우유 하여보니 오동추야 기나긴밤
우유으이 하여구나 울던눈물 끄치[20]없네
우복동[21]은 어딜렌고[22]

자쟈저져 하였으니 자네지금 어데있노[23]
저져조죠 하여보세 저승사자 눈을피해
조죠주쥬 하자꾸나 종일토록 조심일세
주쥬즈지 히고나니 주린배를 움켜쥐고
주는밥상 못다먹고 그대따라 문밖일세

---

19) 없오
20) 끝이
21) 우복동(牛腹洞)－병화(兵火)가 미치지 못하는 속리산 근처에 있다는 상상적
    인 동네
22) 어디인가(어디일런가)
23) 어디에 있나

차챠처쳐 하였으니 찾는사람 누구인가

처쳐초쵸 하여보니 처음보는 저나그네

초쵸추츄 하자꾸나 초로24)가튼25) 우리인생

추츄츠치 하였으니 측은하기 한량없다

차자26)보세 차자보세 공산명월 차자가세

카캬커켜 하여쓰니 칼가치27)도 날카롭고

커켜코쿄 하여보자 커갈수록 바른인생

코쿄쿠큐 하여보니 코끄테28)에 닿은칼날

쿠큐크키 하였구나 캄캄한데 누웠구나

타탸터텨 하여쓰니 타향인생 고달프네

토툐투튜 하여보세 토선생이 편할손가

투튜토툐 하여쓰니 투기하기 무삼일고

토툐트티 하자꾸나 튼튼한 임일런가

파퍄퍼펴 하여쓰니 펄펄끌는 가매솥29)은

---

24) 초로(草露)－풀에 맺힌 이슬, 인생의 덧없음
25) 같은
26) 찾아
27) 같이
28) 끝에
29) 가마솥

퍼퍼포표 하자꾸나 풍운안개 아닐런가
포표푸퓨 하여쓰니 파리한 노인인가
푸퓨프피 하여보니 파뿌리 머리카락

하햐허혀 하여쓰니 하도양심 있는건가
허혀호효 하요보니 효도하는 우리자식
호효후휴 하자꾸나 흐터지는 머리카락
후휴흐히 하여쓰니 한숨후에 지는해라.

❖ 덧붙임

3부의 國文讚誦歌와 비교하여 보면 좋다.

한글을 처음 접하는 사람이 익히기 좋게 자음과 모음의 순서를
생각하며 노래한다.

12 신문 및 잡지 팜프렛 내용 복사물*

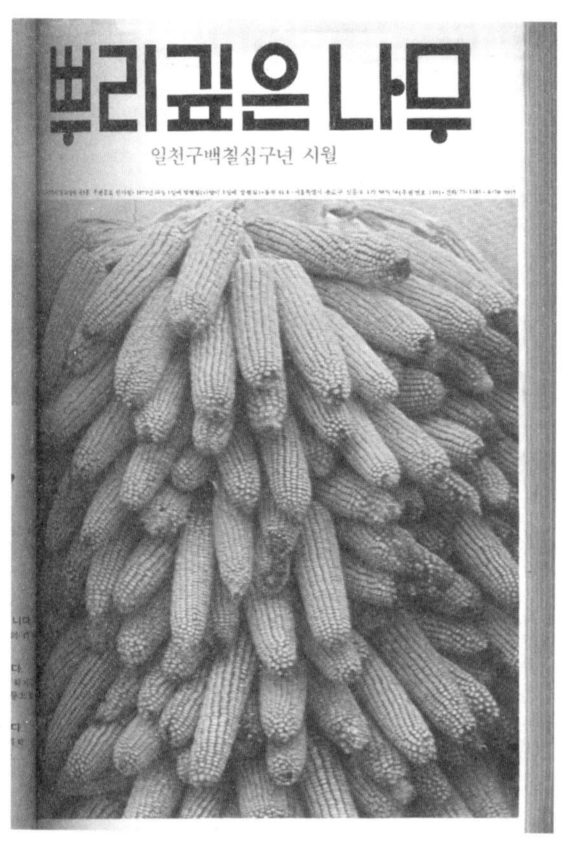

---

* 발표된 내용을 좀 더 확인하기 쉽게 복사해서 첨부하며, 일부는 다른 분들
이 발표한 것도 있으며 이는 자료제공을 한 것임을 밝힌다.

"집집마다 송편 빚어 조상 찾아 보건마는"

새 민요 다섯편과 여자 팔짜

"아홉 파태기" 곧 나이의 끝자리가 아홉일 적에 홀몸이 된 과부에게는 어떤 홀아비도 재혼을 하려고 넘보지 않았다고 한다. 그 과부와 재혼을 하면 재혼한 신랑마저 죽는다는 얘기가 있기 때문이다.

강 원회 / 예천 동부 국민학교 교사. 손수 빚으로 채집하여 이 기사를 써서 꾸미겼으니 나누어 보내 왔다. 주소 : 경상북도 예천군 예천읍 예천 동부 국민학교.

1592년에 나온 퓨단은 「구도손유기」

"네가 태어났을 때는 너 혼자 울고 많은 사람이 웃었으나 네가 죽을 때에는 너 혼자 울지 않고 만인이 우는 사람이 되어라"는 말이 있다. 사람이 태어났으면 크게 세번만 울라고 하였던가. 눈물이 넉넉한 사람은 감정이 넉넉하다고 하지만 이 땅의 여자들은 유달리 눈물이 많았다. 슬플 때는 슬퍼서 울고 기쁜 일을 만나면 그 기쁨을 쉽게 삭일 수가 없어서 웃음 끝에 눈물을 흘렸다. 남자들은 그런 여자를 보면 사람이 잔망스럽다고 핀잔을 하지만 알고 보면 우리 남정네들도 그다지 본색이 다르지 않았다.

그러나 오늘날에 이르러서는 세태가 써 달라졌다. 남의 일에는 말할 것도 없고 이녁의 일에마저 그다지 크게 감정을 드러내지 않는다. 인심이 야박스러워지고, 인정보다 계산이 앞서는 세상이 되었다고 한다.

경상북도 예천 지방에서 채집하여 하는 다섯편의 노래는 그런 점에서 우리에게 신선한 감동을 준다. 이미 우리에게 보기가 어려워진 얼굴들 곧 넉넉함을 가진 우리 어머니들, 또 그 어머니들의 모습을 보여 주기 때문이다.

이 기정이 자는 방에/양 욱기라 하는
욱기라 자는 방에/이 기정이 자로 된
이 망건 건 데/양 욱기라 달비 걸고
달비 건 데/이 기정이 망건 걸고/이
건 데/양 욱기야 치마 걸고/양 욱기
데/이 기정이 상옷 걸고/이 기정이 바
욱기라 복을 주고/가풀열랑 손을 주고
북을 조라/그야 끝에 잠이 들어/양
일제/그야 끝에 열매 연 것/이 기정이

우리같은 소년들은 어떤 줄 모르시고/기
믿을 갔노/여기나 좋다 말탄네야/그날 그
하고 새달 초순 되었거나/여기나 좋다

아낙이 손에 또리를 들고 머리에는 수건을
진놀 떨며 가면서 부르던 노래로서 청년
대하는 즐거움이 깃들어 있다. 그러나 남
자식들은 돈을 빌러 나갔으나 우리집 자
는 그두 어디로 가고 내가 일을 해야 하나
마음을 가다리지 못한다. 그리고 그 구념
기달을때는 동안에 남편에 대한 실망으로

들 영감은/남의 집들 영감은/인력거 자동차
타는데/우리집 큰애는 똥발똥발 탄다/아리 아
리 아라리가 났네/아리랑 고개서 알을 때
아리랑 고개서 알을 들어

한아름 끌머위 속에 조밭에서 잉거주
앉어 있자니 거럽로 한숨이 나온다. 조밭
꼬꾸라앉은 그나마 애기가 좀 쉽지만 조밭
에 풀이 데어 와야 기껏 흰십 미터나 팩비
저무레 못 미니 "영감 한번 잘못 만나 이 고
생 하는구나" 하는 신세 타령을 아낼 도리가
팔자 좋은 남의 영감은 인력거나 자동차를
타고다니는데 팔자 사나운 이댁 영감은 차 대
신에 쪽달구만 타고 있으니 영감의 신세도 딱하
고 내 신세도 처량하니 아리랑 고개에서 알을
헤어 사기 좋은 곳을 찾아가서 알을 묻고 싶
어진다고 한다.

데 언어다 칠성판 걸고/호박잎이 나풀나풀
구네/속으라는 돈풍자 아니야 죽고/뒷집에
떡이 죽었다 하네/머리라 풀라니 남 남사
세네야 소개야 흰 감사냉기/빌고 빌고 빌
응답옥 지마야 붉어야 좋고요/분명지 단촛
걸어야 좋네/아리 아리 아리 아라리요/아
그데로 넘어가세/밀창문이 걸락그편 나온
우니/로두절로 흔들어도 안 나오네

이 노래는 일을 하다 피곤할 때에 굿소리로 콩
노는 노래다. 일을 죽자고 하여도 시원한 것
하나도 없고 모든 것이 찌뿔리기만 하니.
좋은 것으로 해 입고 사랑하는 임을 불
죽어 살려 가자고 봤는데 그것도 뜻대로 되

醴泉아리랑

死別로 끝난 男女사랑 노래

「婚前경험」… 개화기 性풍속 반영

아리랑 「알」 몸실량 「몸」 對比시켜

「아리아리아리 아라리가 났네」 예천아리랑의 구성진 노래가 양목기할머니의 가녀린 목소리에 실려 애절게 흘러나온다.

예천 아리랑

1. 남의 총 겡감은 인력거 자동차를
   타는데
   우리집 문디는 똥탈골만 탄다

   아라아리아리아리아리 아라리가 났네

2. 아리랑 고개서 잠을 깨어
   무심탕 고개서 꿈을 깨어

   울타리 밑에다 첨상란 하고
   오빠많이 난출난출 나가구네

   죽으라는 돈총지 아니야 죽고
   뒷집에 김도령이 죽었다 하네

   머리라 풀리나 남 남사시러
   비네야 소가야 흰 갑사댕기
   빌고 빌고 빌고요

   옥숙옥 치마야 붕어야 좋고요
   불명지 단속곳넣어야 좋어

   아리아리아리아리아리 아라리오
   아리랑 고개로 넘어가네

3. 임 창문어 훌벅그런 나온대하니
   모주랑으로 훌물어도 안나오네

   아리아리아리아리 아라리오
   아리랑 고개로 놀이 넘세

4. 행주치마 툴툴 말아 옆에 끼고
   봉화장 가자드니 왜 안가노

   아리아리아리아리 아라리오
   아리랑 고개로 단불이 넘세

嶺南 아리랑 〈7〉

후렴 빠르고 흥겨워 어깨 절로 '들썩'

(李湝石기자)

예천아리랑

예천읍진경

양옥희 할머니

 책을 내면서

문경 시민 문화회관에서 제8회 경상북도 향토민요 경창대회를 마치고 「예천 아리랑」을 불러 우수상을 수상했다는 소식이 몇군데 신문사와 방송에 보도가 된후 많은분들께서 「예천 아리랑」에 대해 유래가 궁금하다.

가사를 좀 알았으면 하는데 가능하겠는가 하는 문의를 여러차례 접할수 있었다. 직접 만나서 메모 형식으로 적어 드리기로 하고 전화상으로 설명을 드리기로 했으며 혹은 팩스로 보내 드린적도 있었다.

그럴때마다 좀더 자세하고 성실하게 문의해 오신 분이나 저 역시 만족스럽게 "「예천 아리랑」가사를 전해주고 받았으면 좋겠다 하는 생각으로 고민하다가 예천 통명농요보존회 안용충 회장님께 말씀을 드렸더니 회장님께서도 무척 좋아하시며 「예천아리랑」가사집을 한번 정리해 봅시다." 하시는 말씀과 예천군 문화 관광과의 조언에 용기를 얻어 서툴지만 가사집을 만들게 되었습니다.

강원희 선생님께서 집필하신 「예천 통명 농요」에서 자료를 수집하는데 도움을 구했으며 여러차례 통명리를 방문하여 양옥희 할머니와 동네 어르신분들의 설명과 직접 불러주심에 가사를 수집함에 도움이 되어 「예천 아리랑」을 만들게 되었습니다.

많지 않은 분량이지만 우리의 소중한 자료를 싣는 중요한 작업이기에 여러차례 수정과 몇분의 조언을 거듭 거치게 되어 이제 인쇄에 들어갈까 합니다. 「예천 아리랑」이 발간 된다면 우리의 노래 「예천 아리랑」을 보급하고 함께 불려지는데 큰 도움이 되리라 생각합니다.

제가 여러차례 통명리를 방문하였지만 더 많은 시간 더 많은 자료를 찾지 못하고 마무리를 하고 인쇄에 들어가는 상황이 아쉽지만 앞으로 우리의 것을 찾고 공부하는데 더욱 노력 할것을 다짐하면서 민요 경창대회에 함께 나가 입상하게 된 윤선언니. 바쁘신데도 관심을 가져주신 문화원장님, 「예천아리랑」보존을 위해 후원을 아끼지 않으시겠다는 통명농요 보존회 안용충 회장님과 임원님들 그리고 김기현 법무사님께 깊이 머리숙여 감사드립니다.

인쇄소를 찾아 해맬때 고마우신 말씀을 해주신 중앙 인쇄소 사장님께도 감사드립니다.

2002년 1.
권 미 휘

발굴과정

강원희 선생님

「예천 아리랑」을 처음 발굴 하신분은 강원희 선생님이시다. 예천 통명

리에 전해오는 「예천아리랑」이 이마을에 불리어온 여러 다양한 민요들

가운데 숨겨져 온것을 70년대에 강원희 선생님에 의해서 발굴 되어져서

그동안 남녀노소 많은 사람들에 의해 널리 알려졌다. 강원희 선생님은

처음에는 농악에 큰 관심을 갖고 자료발굴에 힘썼으나 74년부터 「통명

농요」자료 수집으로 전환하면서 민요에 관심을 갖기 시작했다. 그리하

여 여러차례 지역 주민들과의 시간을 함께하여 조사한 결과 예천아리랑

을 발굴하셨다.

남자가 부르는 가사

후렴(남자 여자 함께)
  아리 아리 아리아리 아라리요
  어렸다가 녹아지니 봄철일세

1. 금년 농사 못짓는건 후년에 짓고
  꼴두바우 우구치로 돈벌러 가세
  아리아리 아리아리 아리리요
  아리랑 고개로 넘어간다

여자가 부르는 노래

1. 올아배야 장가는 후년에 가고
   껌둥암소 팔아서 날 치워 주소
   아리아리 아리아리 아라리요
   아리랑 얼씨구 잘 넘어간다

2. 친정 살림 알뜰하면 내 살림되나
   말양풍이 후두때리 엿사먹세
   아리아리 아리아리 아라리요
   아리랑 고개로 날 넘겨주소

3. 시어머님 잔소리는 설비상 같고
   낭군님의 잔소리는 꿀맛과 같다
   아리아리 아리아리 아라리요
   아리랑 고개로 넘어간다.

4. 날가라네 날가라네 날가라네
   삼베질쌈 못한다꼬 날가라네
   아리아리 아리아리 아라리요
   아리랑 고개로 넘어가세

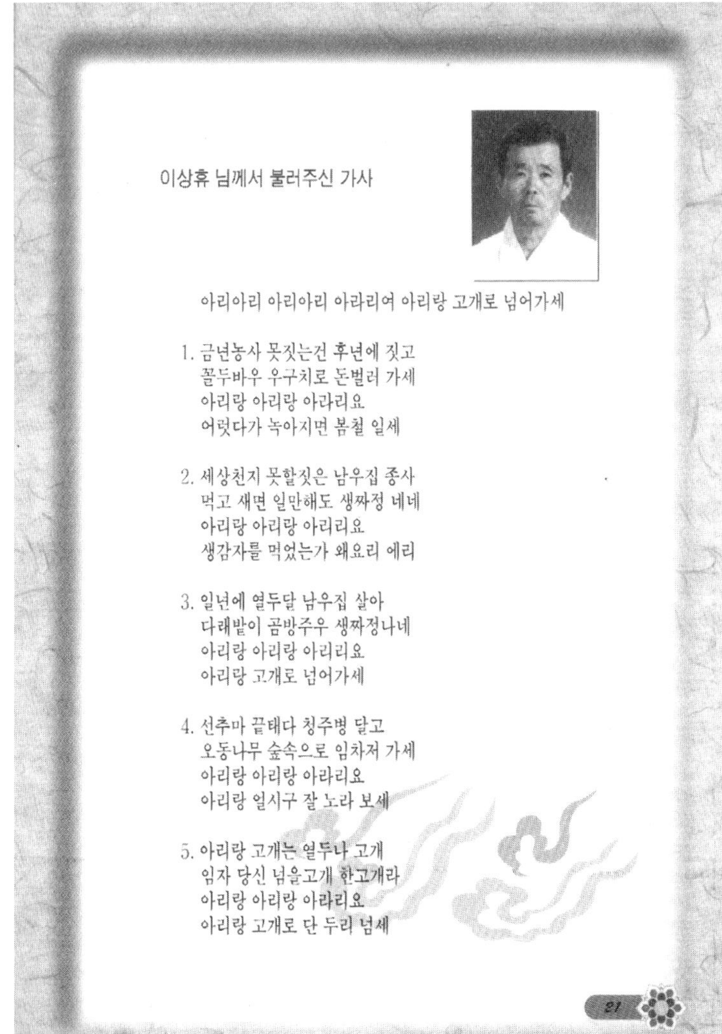

이상휴 님께서 불러주신 가사

아리아리 아리아리 아라리여 아리랑 고개로 넘어가세

1. 금년농사 못짓는건 후년에 짓고
   꼴두바우 우구치로 돈벌러 가세
   아리랑 아리랑 아라리요
   어렷다가 녹아지면 봄철 일세

2. 세상천지 못할짓은 남우집 종사
   먹고 새면 일만해도 생짜정 네네
   아리랑 아리랑 아리리요
   생감자를 먹었는가 왜요리 에리

3. 일년에 열두달 남우집 살아
   다래밭이 곰방주우 생짜정나네
   아리랑 아리랑 아리리요
   아리랑 고개로 넘어가세

4. 선추마 끝태다 청주병 달고
   오동나무 숲속으로 임차저 가세
   아리랑 아리랑 아라리요
   아리랑 얼시구 잘 노라 보세

5. 아리랑 고개는 열두나 고개
   임자 당신 넘을고개 한고개라
   아리랑 아리랑 아라리요
   아리랑 고개로 단 두리 넘세

이종호 님께서 불러주신 가사

1. 먹배골 산줄기 비 올듯 말듯
   어린가장 품안에 잠 들든 만든

2. 학가산 상산봉 외로운 소나무
   날과에 같이도 외로이 섰네

3. 세월이 가기는 바람결 같고
   사람이 늙기는 물거품 같다

4. 호박은 늙으면 보기나 좋아
   우리 청춘 늙으면 보기도 흉해

5. 시집살이 못하고 가라면 갔지
   양골연 술안먹고 나 못살아

6. 울넘어 담넘어 꼴베는 총각아
   요리조리 옆눈 보지마라 이팔청춘 내청춘 다늙어간다

7. 담넘어 넘어갈땐 큰맘먹고 갔는데
   문고리 쥐고서 벌벌떤다

8. 임가던 길에는 풀이나 돌고
   임잦던 술잔에 녹이나 씰래

예천 아리랑

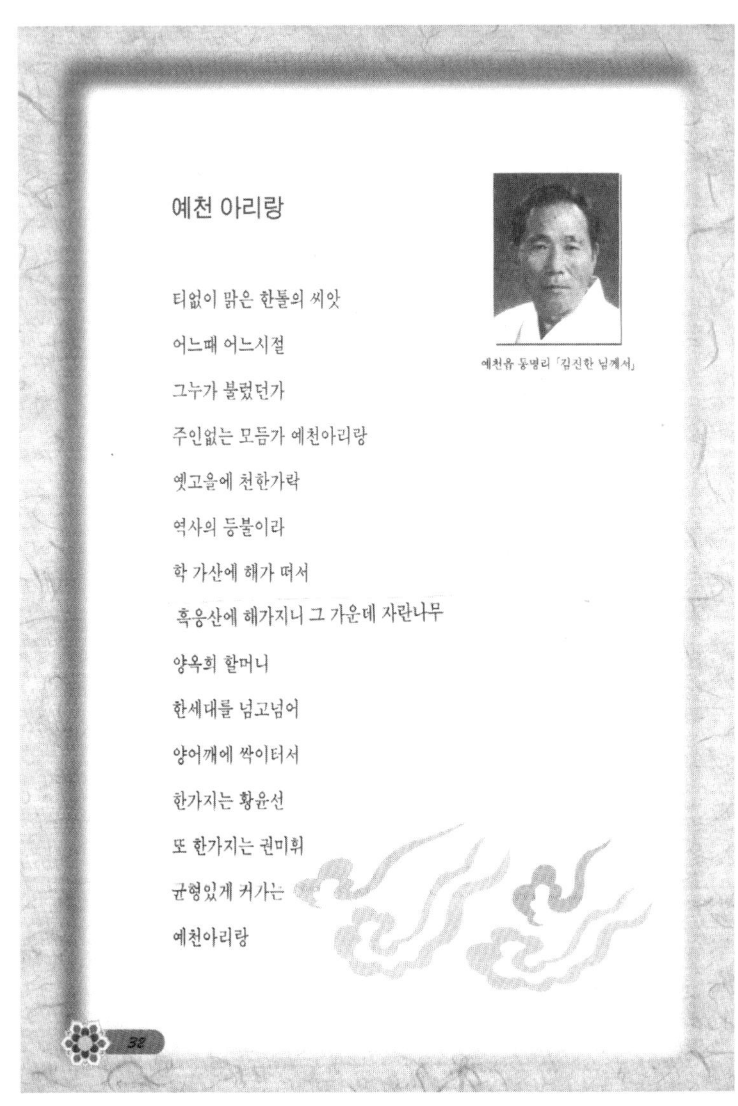

예천읍 동명리 「김진한 님께서」

티없이 맑은 한톨의 씨앗

어느때 어느시절

그누가 불렀던가

주인없는 모듬가 예천아리랑

옛고을에 천한가락

역사의 등불이라

학 가산에 해가 떠서

흑응산에 해가지니 그 가운데 자란나무

양옥희 할머니

한세대를 넘고넘어

양어깨에 싹이터서

한가지는 황윤선

또 한가지는 권미휘

균형있게 커가는

예천아리랑

풍년과 통일을 비는
여덟번째 예천아리랑제
역사적인 남북 형제의 만남을 축하합니다!!

● 때 : 2000. 6. 17 ~ 6. 22
● 곳 : 한내 둔치와 공공도서관 전시실
● 전체행사 개막식 : 6월 17일 19시 예천공공도서관

함께 만들어 가는 예천 우리 삶 우리 문화
사단법인 한국민족예술인총연합 예천지부
예천읍 서본리 240 문화회관 1층 ☎(0584)654-8893(팩스겸용)

＊후 원 : 예천군, 예천문화원, 예천교육청, 예천신문사, 예천케이블방송

풍물합굿

→ 때 : 6. 20(화) 저녁7시

→ 곳 : 예천읍 시가지

→ 순서 : ①길놀이 ②은율탈춤(중요무형문화재64호) ③통명농요(중요무형문화재 84-나호)

　　　　④예천아리랑(양옥기, 이상휴-기능보유자) ⑤풍물합굿(국악연합회)

→ 풍물합굿 참가 단체

　　풍물패 어울림(13사람)　흑응풍물패(49사람)　주부대학 풍물패(30사람)

　　개포농가주부 풍물패(20사람)　용궁생활개선회 풍물패(28사람)

　　호명농가주부 풍물패(23사람)　지보농가주부 풍물패(18사람)　유천풍물패(28사람)

　　청북부녀회 풍물패(26사람)　충양농가주부 풍물패(27사람)　굴모리풍물패(13사람)

　　보문농가주부 풍물패(25사람)　하리농가주부 풍놀패(17사람)〈모두 317사람〉

※ 해마다 단장용 대나무를 제공하시는 연방사 주지 스님께 깊이 고마움을 드립니다.

※ 해마다 길놀이 자원 봉사 단체로 참여하는 한벗글모임에도 고마움을 드립니다.

《예천아리랑 소개》

예천아리랑은 예부터 많이 불려진 노래였으나, 지금은 우리들에게 생소한 노래가 되었습니다. 70년대 초기 강원희 선생이 양옥기 할머니로부터 이 노래를 채록하여, 학계에 보고하게 되어 사라지기 직전에 다시 세상의 빛을 보게 되었습니다. 초기엔 주로 대학가 학생들이 많이 배우고 부르게 되었지요. 민요 가락 중에도 가장 오래되고 희귀한 엇모리장단으로 된 예천아리랑은 느리고 애절한 정선아리랑과 힘차고 경쾌한 밀양아리랑의 중간 형태로서 맺고 끊는 맛이 빼어났습니다. 노랫말도 민중적이고, 역동적이라 할 수 있습니다.

❖ 노랫말

아리아리 아리아리 아라리요
아리랑 얼씨구 잘 넘어가네
너 잘났나 내 잘났다 도투지마라
연지찍고 분바르면 다 잘났지

예천아리랑 학교개설

예천군 통명농요보존회(회장 이상휴)에서는 지난 8일 오전 10시부터 오후 4시까지 예천통명농요전수 교육관에서 예천아리랑교실을 개설했다.

이날 행사에는 관심있는 초, 중, 고행과 교사, 학부모, 주민등 150여명이 참석하여 실시되었는데 예천통명농악 배우기는 예천사랑청년회(대표 : 최계항)주관으로 했으

며, 통명농요보존회에서는 중요무형문화재로 지정된 통명농요를 시연했다.

권해문씨(안동대 민속학과 4년)는 예천지역에서만 전해 내려오는 예천아리랑인 '모 타예천아리랑' 전래동요 배우기를 했으며, 최순자 교사(칠곡 낙산초등)의 지도로 참석학생들과 함께하는 '우리집에 되왔니' 등 연극놀이도 가져 일일학교로 다채롭

계 운영되었다.

한편 예천아리랑은 예천읍에서 4km떨어진 통명리에서 전해내려오던 다양한 민요가운데 하나인데 70년대 후반 강원회씨에 의해 발굴됨으로써 알려졌다.

이마을에 살고있는 양동기 할머니(78세)에 의해 구술로 전해지고 있는 이 아리랑은 예천지방에 민요가 갖는 낙천적인 의식이 그대로 배어

있다.
특히 후렴부분은 빠르고 흥겨운 가락이라 절로 어깨를

들썩거리게 하는 특성을 가지고 있다.
〈김경욱 기자〉

▲예천 아리랑을 배우는 참석자들

도심속의 고향장터 개장

지난 4일부터 내년 한해동안 경상북도 개도 100주년 기념사업으로 개설하는 도심 속의 고향 장터가 대구광역시 비산동에 부지 1천1백평, 건물 265평 규모로 개장됐다.

고향 장터는 도시인들에게 고향 정취를 느끼게 하고, 우리농산물 애용 분위기를 확산하기 위해 개최되는데 5일 장터와 상설매장, 민속음식점, 민속 전통놀이 등으로 매일 1,2일과 6,7일

서 운영하고 농번기인 3월부터 10월까지는 읍·면농업협동조합별로 1개월씩 운영할 계획이다.

한편 예천공직농요는 4일부터 8일까지 개최된 개장 문화행사에서 시연을 통해 예천의 독특한 문화를 자랑하고 장터 분위기도 조성했다.

강무한씨 道 새마을대상 최우수상 수상
새마을 운동에 헌신봉사, 지역사회발전에 기여

예천군 용문면 하금곡의 강무한(姜武漢)씨(48세)가 금년도 경상

강무한 새마을지도자협의회회장

북도 새마을 대상으로 선정되어 12일 구미문화회관에서 있을 새마을지도자대회에서 최우수상인 자랑상을 수상한다.

학을 시키는등 새마을운동의 재점화를 위해서 노력해 왔으며 쾌중수집, 쓰레기 줄이기운동 새마을 전 전가요를 보급과 국기, 새마을기 보급등 나라사랑하기 운동에 적극 추진하였고, 또한 어려운 가정과 관내 경노당을 수시로 방문하는등 불우이웃돕기와 경노효친사상을 몸소 실천하는 등 새마을 운동에 헌신봉사 지역사회발전에 기여 타의 모든 지도자들에게 귀감이 되어 왔다.

이번에 수상을 받게된 강무한씨는

〈제 3 호〉

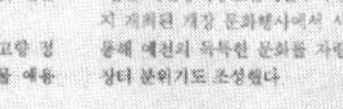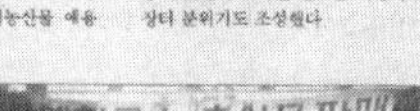

발 행 일 : 1992. 1. 24.
발 행 인 : 이 소 라
발 행 처 : 農民謠保存會
주　　소 : 중앙우체국 사서함 1652호
우편번호 110－616
전　　화 : 011－255－9285 / (02) 763－3448
F A X : (02) 934－2309

「農民, 정말 잘 살 수 없을까?」

김관회
(전국농업기술자 협회)
사무총장

오늘 퇴근무렵 『自然의 친구들』 모임에서 만났던 기인이라 부르는 친구가 찾아 왔다. 사무실 근처 칼국수집으로 가서 빈 대백 두어 잔에 동동주를 함께 마시며 그는 이런 이야기를 들려주었다.

몇년 전, 하던 사업을 몽땅 털어먹고 빚뿐에 빠져있던 어느 날, 주위 별 사람과 어울려 강원도를 향해 떠났다. 가다가 날이 저물자 길 옆 옥수수밭가에 차를 세 워놓고 쉬고 있는데 저 멀리 초저녁 별빛을 받고 있는 치악산 봉우리가 마치 그림에서 보는 듯이 어슴프레 눈에 들어오는 것이었다.

순간, 「너는 아무 일도 성공하지 못한 놈이니 저 높은 산꼭대기를 올라간다는

것 같은 실패자의 마음은 눈녹듯 사라지고 모든 일에 자신감을 갖게 되었다. 이때부터 그는 새로운 인생을 향해 희차게 새출발을 하고야 말겠다는 용오라치는 용기로 살아갈 수 있었던 것이다.

지금 우리 農民들에겐 우루과이 라운드 협상, 수입 개방, 쌀 수매량의 감소, 농산물 가격의 하락, 빌린 돈에 대한 이자 독촉, 자녀들 학자금 등등, 도저히 감당하기 어려운 일들만 앞을 가로막고 있다. 그렇게도 잘 살고 싶어서 모든 고생 다 참고 견디며 곽생을 흙과 살아왔는데 잘 살기는 커녕 장수를 대상인 것이다. 우리 대궐같은 큰 집도 없고 변동한 자가용 승용차 한 대 없고, 자식들 특별과외 시

진래민요를 찾아 헤매다 보면 높은 산을 경계로 노래가 달라지고 강릉을 따라서는 가사가 전파되어 가는 경향을 보게 된다.

또한, 삼한시대로 부터 부족국가가 있었으리라고 추측되는 곳에서는 흔히 그 지역의 독특한 민요가 입정한 전파범위를 가지고 나타난다.

예를 들면, 경남 양산군의 서리꺼소리가 그렇고 충남 홍성군의 하지소리가 그러하다.

저리의 소리는 양산군의 청관면을 중심으로 그 인접의 웅상면 일부와 장안읍 일부 지역에 전해 내려오는 논매는 소리이다. 서리의 민요권의 반월성터와 삼국사기 지도전기(智度傳記)를 통해 초기 신라와 국경을 접하고 있던 거칠산국의 한 부

이 땅에 뿌리와 대대로 살아오며 입으로 전해져 내려온 분요.

바로 가르치지도 않고, 들녘에서 함께 일하는 중에 배우게 된 일노래.

옛 동네의 가수였던 선소리꾼이 이웃 마을에 까지 초청되어 가서 전교시켰던 노동요.

민요권은 교통이 불편하던 시절의 생활권을 반영한다.

민요권은 언어권 등 문화권의 표징이 된다.

민요권 연구는 그 노래의 본고장 내지 출처지를 밝혀 준다.

주변 농요와 다른, 그 고장에만 독특한 농요의 민요권은 그곳에 문화의 중심세가 일반만 정도의 예세(藝勢)를 가진 부족이 있었음을 암시한다.

나요당

아리랑 아리랑 아라리요/아리랑 고개로 넘어간다/나를 버리고 가시는 님은 십리도 못가서 발병난다.

누구나 불러 보는 아리랑, 지역과 시대에 따라 가락과 가사가 바뀌어져 불리어지고 있다. 필자가 조사한 예천의 아리랑을 보면 타 지방과 비교가 되리라 본다.

남의 집 영감은 인력거 자동차를 탔는데/우리집 저문디는 콩밭골만 타다/아리아리아리아리 아라리가 났네/아리랑 고개서 앞을 베어/봉실랑 고개서 뭄을 풀어/울타리 밑에다 침성판 깔고 호박잎이 나풀나풀 나가주네/—이하 생략—

이상은 79년도 10월호 뿌리깊은 나무에 발표한 내용으로 여인들이 밭에서 일을 하면서 부르는 노래인데, 남편 잘못 만나 고생을 하는구나 한 신세 타령의 노래다.

아리아리아리아리 아라리요/아리랑 얼씨구 잘넘어가네/언제나 언제나 돈 많이 벌어 고대광실 높은집에 잘살아 볼꼬/아리아리아리아리 아라리요 생강자를 먹었느냐 왜이리아려/진정살림 알뜰하면 내 살림이나 늦으갱 두둘겨서 엿사먹자—이하생략— 이 아리랑은 통명리에서 이상후氏와 몇분이서 부른 노래인데 지게목발을 두드리며 가난한 생활을 한탄하는 심정, 내것이 아니면 진정살림도 아낄 필요 없다는 심정 이 모두가 가난 때문에 불리어진 노래가 아닌가 한다.

위 두곡의 아리랑은 일과 관련된 노래로 남녀의 사랑 생활의 고달픔을 한국의 노래에 실어 애정함을 잊고자 하는 마음을 노래를 통해 해소하고 있다.

아리랑 아리랑 아라리요 아리랑 고개로 넘어간다/아기 업고서 고개 넘기, 엄마는 얼마나 힘이 들까/아리랑 아리랑 아라리요 아리랑 고개로 넘어간다/잘도 자라서 무거우면 엄마는 좋아서 더 잘 넘네—

이 아리랑은 필자가 교직에 근무하면서 5월 8일 어버이날 전에 국민학교 아동들에게 효도아리랑이라고 하여 지도하고 있나, 핵가족화로 인하여 부모님에 대한 효심, 자신의 뿌리에 대한 무감각에 사는 어린이에게 부모님 가슴에 꽃 한송이 달아드리며 이 노래를 부르면 부모님의 효 못한 마음은 비길 때가 없을 것이다.

우리의 가락을 어릴 때부터 지도하여 참다운 민족 문화를 전승시켜 나가야 하겠다.

대보름(정월보름날)

허 옥 연 (전남 진도군 의신면 돗노래 명보)

음력 1월 15일은 1년중 처음 둥근달을 맞이하는 첫 보름달이라 하여 농경생활을 주업으로하던 우리선조님들은 매우 중요시 했던 명절로 지켜져 왔었다.

떠오르는 달을 바라보면서 한해의 농사점을 치세되는데 이것을 빙월(望月)한다고 하여 보름날은 저녁밥을 일찍먹고 남녀 노소할 것없이 부락뒷메(단이 잘 보일 수 있는 곳)에 올라가 자기부락에서 정해져 있는 달뜨는 산봉우리를 바라보면서 한해철 농사점을 치게되는데 달이 죽봉(粥)에서 뜨면 흉년이 들고 밥봉에서 뜨민 그해 농사가 풍년이 든 짓을 예측하고 세분하여 월별로 풍수해와 가뭄이 들것도 알 수 있었다.

또 경험이 많으신 노인들은 나라의 국운까지도 점쳤다고한다. 정월보름날에는 망월외에도 농촌에 전래되어온 풍속이 많이 있는데 이러한 것들은 수로 농경문화의 생활상을 말해주고 있다.

유지지대세우기(廛底止):

유지지대를 세우는 것은 농사장원을 기원하는 것으로서 보름날 첫새벽에 다른 집보다 먼저 세우려고들 했다. 쓰이는 솟대로는 소나무나 긴 대나무를 사용했고 솟대 윗부분의 솔잎이나 댓가지는 다소 남겨놓고 그 밑에다 짚으로 유지기(廛底止)라고 하는 것을 만들어 솟대를 감싸고 "섬"(짚으로 만든 멱서리)을 달고 방망이, 빗자루, 쟁돌이(바람개비), 농사장원기를 달아 맨다. 솟대를 남보다 먼저 높이 세우는 것은 천신(天神)이 내점으로 먼저 내려와 보살펴 달라는 것이고 "섬"은 모든 곡식을 "섬"으로 담아들이게 농

農謠, 民衆의 노래, 民族의

나 승 만 (전남)

《書評》「한국의 농요 제4집」이소라 著, 현암사刊

농요야말로 민중들이 생산의 현장인 토지에서 힘과 땀으로 몸을 닦구면서 불러온 노동의 노래다.

지금까지 학계의 민요에 대한 접근 태도는 사설만을 정리하거나 악보만 정리하여 발표하는 것이 일반적 관행이었다. 이러한 작업은 그 노고에도 불구하고 민요가 지닌 역동성과 생산성을 드러내기에 미흡함은 본래 노래가 본래 지니고 있는 신명성을 탈화시커버리는 결과를 가져오기도 했다.

이소라가 쓴 「韓國의 農謠」는 몇가지 점에서 민중과 민요에 대한 그의 성실한 인식태도를 반영하고 있다. 첫째, 농요의 주체인 농군을 한국문화의 노대로 파악하였다. 둘째, 농요를 한국 노래문화의 원천으로 인식하였고 세째, 농용를 연행인 장 속에서 파악하려 하였고 이를 성실하게 수행하였다. 이러한 인식태도가 그로하여금 이 작업을 수행하게 한 토대가 되었다고 생각한다. 그 결과 다음의 점에서 종래의 민요집과 구별된다. 첫째, 일정한 지역을 설정하고 철저한 현장 조사를 바탕으로 러익 노래가 연행되는 현장을 충실히 전달하였다. 둘째, 노래를 악보화하고 음악적 특징을 기술하였다. 세째, 창자를 소개하였다. 내째, 그 지역에서 부른 어타의 노래를 소개하여 포괄적으로 이해하도록 하였다.

이번에 발간된 「韓國의 農謠」 第四輯은 앞의 자료집에 비해 창작에 대한 관심이 보다 심화되었고 기존의 업적을 토대로 하여 농요권을 설정함으로써 논리적 토대를 강화하였다는 점에서 또하나의 성과로 평가된다. 그러나 다음의 극복해야 할 문제점들이 있다. 첫째, 노래가 지니고 있는 역동성, 신명을 어떻게 반영해낼 것인가, 둘째, 농요를 민중사적 입장에서 인식한다고 하는 그의 태도를 어떻게 반영해낼 것인가, 즉 노래의 통시적 변화, 농요에 대한 농군들의 인식변화과정, 현재

효도 아리랑

아리랑 아리랑 아라리요
아리랑 고개로 넘어간다.

1 . 아기 업고서 고개넘기
　　엄마는 얼마나 힘이 들까

2 . 잘도 자라서 무거우면
　　엄마는 좋아서 더 잘 넘네

3 . 쑥쑥 커가서 철이 들면
　　부모님 은혜에 보답하리

4 . 어른 되면 늙으신 부모님
　　편히 모시고 살아가리

* 노래의 가사는 민요 채집 중 우연히 채집한 내용과
채집한 내용에 따라 가사를 부분적으로로 보충하였
다.

　　　　　　-- 강원희 --

수 신 : 예천군청 기획계 조동윤 귀하
       (0584-650-6051)
보 냄 : 강원희(011-372-1291)   1999년 10월 15일

예천 청단놀음

예천 아리랑 전승
(예천 아리랑 전승 및 8도 아리랑 경창대회)

1. 목적 : 예천 아리랑을 제대로 전승함과, 민족의 소리인 전
국의 아리랑을 한자리에 모아 전승과 아울러 발전시키고자
함.

2. 전승 및 경창대회 경비

계	전승비	홍보비	준비비	심사비	초청경비	시상비	시연비	인쇄비	기타
92,000	8,000	2,000	2,000	30,000	20,000	10,000	5,000	5,000	10,000

3. 사업추진
   ① 예천 아리랑 경창대회 : 예천출신인부, 외지출신인부
   ② 8도 아리랑 경창대회

   * 삶의소리 아리랑 비디오테잎 별도 : 한국방송통신싱대학
     방송국 개국3주년 기념 특집 기획 방송용 테잎

2011 아리랑 한마당

아리랑 고개 열일곱,
소리와 문화가 들린다

일시
When

제1마당 12월 27일 (화) 19:30
아리랑, 故鄕에 서다.

제2마당 12월 28일 (수) 19:30
아리랑, 來歷을 소리하다.

장소
Where

서울남산국악당

평창 횡성 태백 문경 중원 강릉 인제 청주 예천 정선

서울 경기 밀양 신도 영천 북한지역 중국지역

주최 문화체육관광부   주관   (재)전통공연예술진흥재단

▣ 예천아리랑

예천군은 경상북도 북서부에 위치해 있다. 북고남저의 지세로 남부 및 중부의 하천변은 비옥한 평야를 이루어 농경지로 활용이 되며 주산업은 농업이다. 예천아리랑제, 통명농요발표공연, 군민 종합축제인 예천문화제 등의 지역축제가 있다. 결성된 예천문화원 소속 예천아리랑 창극단은 2009년 결성되어 〈예천아리랑〉의 전승과 보급을 위해 〈예천아리랑〉 강좌를 열어 교육생을 배출하고 있으며 〈예천아리랑〉 창극공연, 〈예천아리랑〉 전국경창대회 등을 개최하고 있다. 현재 단장 김종배를 중심으로 25명의 회원들이 활동 중이다. 〈예천아리랑〉은 향토민요 〈자진아라리〉 계통의 노래로 민중들의 일상에서 두루 불리던 노래이다. 통명농요 발굴지인 강원희에 의해 발굴되어 제8회 경북향토민요 경창대회에서 우수상을 받으면서 널리 알려졌다. 국가중요무형문화재 제84호인 예천통명농요보존회의 중요무형문화재보유자인 이상휴를 중심으로 전승되고 있다.

> 시어머님 잔소리는 설비산 같고
> 낭군님의 잔소리는 꿀맛과 같네
> 아리아리 아리아리 아라리요 / 아리랑 고개로 넘어간다

– 시어머니의 잔소리는 설비산과 같이 쓰지만 남편의 잔소리는 꿀과 같이 달다. 시어머니에 대한 미움과 남편에 대한 애정의 마음을 대조적 비유를 통해 해학적으로 표현하고 있다.

▣ 정선아리랑

강원도 남동부에 위치하고 있는 정선군은 사방이 높고 가파른 산으로 둘러싸인 산간 지역이니, 정선아리랑세를 비롯하여 아우라지뗏목축제, 정선5일장 등의 볼거리가 있다. 정선아리랑문화재단은 정선아라리의 전승과 보존 그리고 창조적인 활용을 통해 〈정선아리랑〉을 진흥시키고 그 가치를 높이고자 1991년에 설립된 단체이다. 학생 및 일반인, 외국인 등을 대상으로 다양한 전수활동을 진행하고 있다. 강원도무형문화재 제1호인 〈정선아리랑〉은 향토민요 〈긴아라리〉 계통의 노래이다. 일판이든 놀이판이든 노래가 필요한 곳에서는 언제 어디서고 부담 없이 불러 온 다기능의 노래로 정선 사람이라면 아라리 한 두마디쯤 부르지 못하는 이가 드물 정도로 창사층이 두텁다. 〈아라리〉를 부르는 가운데 간간이 〈엮음아라리〉를 불러 노래판의 분위기를 일신시키기도 한다. 정선군이 〈정선아리랑〉의 진수, 대 중화, 현재화의 작업을 지속적으로 전개해 온 결과 오늘날 정선을 〈아라리〉의 대표적 전승지로 여기는 인식이 보편화되게 되었다. [http://www.jacf.or.kr]

> 정선읍내야 물레방아는 물살을 안구서 사시장철야 시시때때로 비비뱅글 도는데
> 우리집의 저 멍텅구리는 날 안구 돌 줄을 왜 몰라

처음에는 사설을 촘촘히 엮어 나가다가 뒤에는 원래의 아라리 가락으로 되돌아오는 형식의 〈엮음아라리〉이다. 무심한 남편에 대한 원망의 감정을 해학적으로 표현하고 있다.

풍양 공처[*] 농·민요

---

[*] 醴泉公處農謠와 풍양의 민요를 원고정리(1993) 했으나 미간행 되어 우선 일부분만 게제 한다.

01 예천 풍양 공처와의 인연

1. 공처 농요와 인연

가. 1979년 제20회 전국민속예술 경연대회에서 예천통명농요가 영예의 대통령상을 수상하고, 1981년에는 경상북도 무형문화재로 지정이 되니, 예천지역 곳곳에서 농요와 민속에 대한 발굴과 대회에 나갈 수 있는 방법 문의가 있었다.

나. 그러던 중 1980년 말과 1981년 초에 풍양에서 농요에 대한 관심과 고장의 농요 발굴 조사 전승에 대한 의욕과 자체적으로 발전할 방법을 모색한다는 이야기가 전해져 왔으며, 1982년 7월에 예천군 문화공보실에 근무 중인 김종두씨로 부터 현지조사 요청이 왔으나, 참여치 못하고 며칠 후 김종두씨가 조사한 내용을 보게 되었다.

다. 1983년 10월 제24회 전국민속예술경연대회장(안동)에서 경상북도 문화재 위원이신 영남대 김택규 교수, 효성여대, 권영철 교수, 안동대 성병희 교수께 예천 풍양의 농요를 설명할 기회를 가졌고 기회를 봐서 자체조사와 전국대회 출연기회를 보자고 했다.

라. 풍양 공처 농요단원이 1984년 예천문화재 행사에서 찬조출연을 하고 발표회를 가지게 됨에(통명농요의 각종장비를 빌려 행사 참여하게 됨)더욱 가깝게 되고, 관심을 가지게 되었다.

마. 1985년 제 26회 전국민속예술경연대회에 경상북도 대표(민요부문)로 확정됨에 예천군청 문화공보실과 자주 상의하고 연습과 출전(4월부터 9월까지)에 따른 제반 준비상황과 연습·지도를 하면서 예천군 담당(문화공보실)자와 현지단원들과 협의하는 시간을 많이 가지게 되었다.

바. 1985년 봄(4월말) 공처마을 현지를 찾아 본격적인 연습에 임했다. 모심기, 논메기, 걸채소리까지(여기까지는 예천통명농요와 별로 차이가 나질 않고 논농사 그대로 재연이고, 소리가 다르다는 것뿐, 보는 듣는 이로 하여 시각적·청각적인 면에서 두드러진 것이 없었다) 30여 명이 그간 들판에서 해오던 내용을 볼 기회를 가지고, 어른들과 많은 대화를 가지게 되었다. 여기서 필자는 예천통명농

요와 차별성을 가지고자 여러 방면에 걸쳐 본격적으로 조사하고, 채록에 들어갔다.

사. 모심기소리 처음부터 조사하던 중 '모찌는소리'(필자가 처음 채록함)가 있음을 알고 이용식씨로 부터 채록을 하고, 이어서 '타작소리'(필자가 처음 채록함)를 채록하고, 전 대원들에게 농요의 전 과정을 시연과 연습에 임하자고 했다. 기존의 일부단원들과 지도자분께서 거부반응이 왔으나 설득하여 전국민속예술경연대회 경연시간관계상 '타작소리'만이라도 연습을 하기로 했다.

이때 타작소리를 하지 않았으면 지금의 '모찌는 소리'처럼 되었을 것으로 본다.

아. 1985년 제26회 전국민속예술경연대회(1985년 9월 20일) 문화공보부장관상을 수상.(필자가 현지 공처마을 및 풍양초등학교 운동장 등 현지에서 지도함.—지도확인서 참조)

1985년 「醴泉文化」(創刊號, 醴泉文化院 發行)에 '공처농요' 일부를 발표함.

자. 1986년 12월 11일 경상북도 무형문화재 제 10호로 지정되고, 양삼억씨께서 기능보유자로 인정됨.

차. 1992년 제33회 전국민속예술경연대회(9월 25일)에서 최우수상(대통령상)수상 - 이 대회에서는 필자가 참석하지 못함.

2. 조사일지

◉ 1차 조사 : 1982년 7월

예천군청 문화공보실근무 김종두씨 공처마을 현장조사 의뢰 옴 - 사정상 현지조사 참가치 못하고 김종두씨 조사한내용을 조사함.

◉ 2차조사 : 1985년 4월 ~ 1985년 9월

양삼억(梁三億) 1910년 : 庚戌6월3일생 - 1988戊辰 7월15일 卒)
이용식(李用植) 1909년 : 己酉6월7일생 - 1987년丁卯5월5일 卒)
황기석(黃基錫 1941년 7월 25일생)
손의원 : 전 풍양면장
김명회(金明會) 1936년생 : 공처농요 회장으로 풍양약국 운영
조홍래(趙泓來 앞소리 - 1935년 乙亥 8월 25일생) 외 공처농요단원 40여 명

◎ 3차조사 : 1992년 2월

김병구(金炳救－1929년생 : 부회장이며 면소재지에서 행정서사 운영)
외 공처농요 단원

◎ 4차조사 : 1982년 8월

조홍래. 김명회 외 공처농요단원

◎ 5차조사 : 1993년 1월

김명회, 황기석, 이장춘, 양주석

3. 구술자 인적사항

● 양삼억(梁三億)

1910년 庚戌 6월 3일생, 예천군 풍양면 낙상동 거주－1988년 戊
辰 7월 15일 卒.

南原 梁氏 27세에 김삼임씨와 결혼하여 슬하에 6남 3녀를 두었
다. 公德에서 출생하여 성장하고 일생을 보냄.

1985년 제26회 전국민속예술경연대회시 '공처농요'의 앞소리를

맡아 1986년 11월 30일 '공처농요'가 경상북도 무형문화재제 10호로 지정됨에 기능 보유자로 인정이 되었었다.

● 이용식(李用植)

1909년 己酉 6월7일생, 예천군 풍양면 낙상동 161-17번지 거주 -1987년 丁卯 5월 5일 卒.

慶州 李氏 상주 함창 덕통서 출생하여 공덕리로 이주하여 김성식씨와 결혼하여 1남 2여를 두었고 20여세 때부터 노래를 배웠다.

직접 배운 스승은 지씨(기씨라고도 함) 서재어른, 박성천씨, 유술(감나무골 어른), 강소산어른, 조봉림어른, 조질말어른으로부터 귀로 듣고 익히게 되었다고 한다.

● 황기석(黃基錫)

1941년 7월 25일생. 장수 黃氏 공덕2리에서 2대째 살고, 23세에 李順任씨와 결혼하여 1남 3여를 두었고 양삼억씨가 작고 후에 소리꾼으로 인정받아 앞소리 기능보유자가 되었다.

● 조홍래(趙泓來 앞소리)

1935년 乙亥 8월 25일생. 함안 趙氏 23세에 박씨와 결혼하여 2남3녀를 두었고 공덕리가 안태고향이고, 소리꾼으로 인정되어 전수생이 되었다.

• **손의원**

전 풍양면장으로 공처농요의 발굴과 복원에 공로가 큰 분이다.

• **김명회(金明會)**

1936년생. 공처농요 회장으로 풍양약국 운영.

• **김병구(金炳救)**

1929년생. 부회장이며 면소재지에서 행정서사 운영.

• **이장춘**

1936년생. 이용식씨의 아들로 공처농요 단원으로 활동.

• **양주석**

1951년생. 양삼억씨의 아들로 공처농요의장학생으로 활동.

4. 공처 농요의 전승 계보

?

⇩

趙 氏

⇩

- 지(기)씨 서재어른(신흥사람) : 1985년조사시 100여세
- 박성천씨(공덕동 거주) : 1985년조사시 100여세
- 유 술(감나무골어른) : 1985년 조사시 90세정도
- 강소산어른 : 1985년 조사시 90세정도
- 조봉림아른 : 1985년 조사시 90세정도
- 조질말어른 : 1985년 조사시 90세정도

⇩

양삼억, 이용식, 이명쥬(이용식씨 형 : 서울거주)

⇩

황기석, 조홍래, 양주석

5. 공덕(공처) 마을의 역사

● 행정구역 – 慶尙北道 醴泉郡 豊壤面 公德2里

● 원래는 상주에 속하였으나 高麗 元宗 때 醴泉에 來屬.

● 1906년 比安郡 縣西面으로 移屬.

● 1914년 醴泉에 還元되면서 豊壤面 公德里에 속함.

● 낙동강에서 멀지않은 이 마을은 15개 성씨의 50여가구가 모여 살고 있는 전형적인 농촌마을이다.

● 속설에 의하면 삼봉산을 바라보는 동리에서는 聞人이 여럿이 난다는 이야기도 있다.

02 공처 농요

1. 가래질 소리

자료제공 : 김병구[1](1929년생, 1992년 1월 조사)

앞소리)[2] 당겨라

뒷소리) 당긴다.

앞소리) 가래줄을 당겨라

뒷소리) 당긴다.

앞소리) 휘휘 당겨라

뒷소리) 당긴다 당긴다.

앞소리) 앞을보고 당겨라

---

1) 예천풍양공처농요 부회장(1992, 60세, 男) 조사 구술함
2) 앞소리 뒷소리가 정형화 된 것이 아니라 그 때에 따라 뒷소리는 생략되기
   도 함

뒷소리) 푹푹되어라 얼마든지당긴다.

앞소리) 가래장 빼앗드시[3] 당겨라

뒷소리) 가래장을 꼭쥐어라 당겨보자

앞소리) 휘휘 당겨라

뒷소리) 당겨보세 당겨보세

앞소리) 한쪽사람 덜 당기네

뒷소리) 어느사람 덜당기는고

앞소리) 오른쪽사람 덜 당기네

뒷소리) 오른쪽사람 힘을 써라

앞소리) 손바닥에 불이나네

뒷소리) 같이당겨주자 가래줄을

앞소리) 가래줄을 노았다고

뒷소리) 그러코[4] 말고 노아주지

앞소리) 줄힘으로 흘기간다[5]

뒷소리) 당겨보세 당겨보세

앞소리) 산더미 가튼 흘기다

뒷소리) 태산 가타도 당겨보세

앞소리) 땀을 내라 땀을 내라

---

3) 빼앗듯이
4) 그렇고
5) 흙이 옮겨진다

뒷소리) 구슬가튼 땀이 절로난다

앞소리) 우리농근 이일을 누구가 아나

뒷소리) 우리농군 이재미로 살아간다

앞소리) 머리에 쓴 수건 비깨라[6]

뒷소리) 그래자 쓴 수건 땀을 닦자

앞소리) 목마른 우리군사

뒷소리) 우리군사 우리들은 농군일세

앞소리) 텁텁한 막걸리 춤 넘어가듯

뒷소리) 텁텁한 막걸리 어디 있는고

앞소리) 부지런히 당기면 막걸리 나온다

뒷소리) 당기보세 당기보세 얼씨구 좋다

앞소리) 껌은 얼굴 광이나듯

뒷소리) 번질번질 땀이 나네

앞소리) 선비들은 팔자좋아

뒷소리) 그러코 그러코 말지

앞소리) 이런들 저런들

뒷소리) 선비들은 모룰거야

앞소리) 우리팔자 한탄말고

뒷소리) 휘휘 당겨보세

---

6) 벗겨라

앞소리) 줄을 놓아라 멈추어보세

뒷소리) 멈추어 보세 휴휴

❖ 덧붙임

가래질 소리는 못자리나 논의 논둑을 할 때 부르며, 특히 장마철 논둑이 무너졌을 때 여러 사람이 협동하여 일하고 소리를 한다.

2. 모찌는 소리[7] −1985년 필자 단독채록하고 조사·발굴

구술자 : 이용식[8](男)

앞소리) 시호(時好) 시호(時好) 시호(時好)로다 녹음(綠陰)방초(芳草)
　　　시호(時好)로다

뒷소리) 시호(時好) 시호(時好) 시호(時好)로다 녹음(綠陰)방초(芳草)
　　　시호(時好)로다

---

7) 1985년 3월 풍양면 공덕동(공처농요) 현지조사 때에 조사됨.
　1985년 제26회 전국민속예술경연대회 출연을 위해 조사했으나 현지 사정
　및 경연시간상으로 연습을 못하여 현재까지 불리어지고 있지 않음
8) 1909년(己酉) 6월 7일생. 1987년(丁卯) 5월 5일 사망함.
　이용식씨는 공처농요와 많은 민요와 민속자료를 구술해 주셨다.

이하 앞소리만 소개한다.

- 어화우리 농부들아 이네 말을 드러[9] 보소
- 정이삼월 도라오니[10] 처처마다 격양가요
- 춘삼월 호시절[11]에 어이 아니 조을[12]손가
- 강남에 연자[13]들도 옛주인을 차자오고
- 나무나무 속잎나고 가지가지 춤을 추네
- 먼산평야 너른[14]천지 만해방창 조흘시고
- 나물캐는 저 아갓씨[15] 나리소리 듣기조코
- 화전노래 가는 모양 녹의홍상 저 태도는
- 월중선녀 하강한듯 꽃동산이 이아닌가
- 오유월 당도하니 우리농부 가절일세
- 어화우리 농부드라 한출첨배 풍한시절
- 인생신고 원망마라 사농공상 생긴후에
- 귀중할손 농사로다 만인지 형색이요
- 천하지 대본이라 선비목덕 아니어든

------

9) 들어
10) 돌아오니
11) 好時節
12) 좋을
13) 제비
14) 넓은
15) 아가씨

● 아이먹고 못사리라 여보시오 농부님네

● 저건느16) 갈미봉에 비가 무더17) 드러온다

● 도랭이 둘러입고 기섬매로 어서가세

● 육칠구원 당하니 우리농부 지은 곡식

● 오곡백곡 풍년이라 이 안이 좋을손가

● 열매결실 도라보니 충실하고 황금빛은

● 천하제일 조흔18)보물 이거모두 금이로다.

● 얼시구나 조흘19)시고 구시월이 조흘시고

● 여보시오 농부님네 추수하기 바뻐가네

● 시빗낙월 닥쳐오니 한풍이 소실하고

● 백설이 분분하니 어느누가 안추울까

● 우리농부 지은 곡식 어느누가 안먹을까

● 아르아릉20) 고운 독에 백화주를 하여노코

● 떡도하고 밥도하여 소한대한 추운날에

● 훈훈하온 뜨슨방21)에 부모처자 모여안자

● 시부모님 하신말삼 악아가22) 새아가야

---

16) 저 건너
17) 묻어
18) 좋은
19) 좋을
20) 아름다운
21) 따뜻한 방
22) 아가아가

- 너도어서 드러와서 오소도순 먹어보니
- 천만세에 농사직분 어느누가 안조흘까

이용식씨는

"어떻게 하든 이 모찌는 소리를 같이 해 보고 싶은데……."
하였으나 시간상, 또는 여러 가지 여건상 말없이 필자와 아쉬움을 안
고 있게 되었다.

예천에서는 모찌는 소리는 처음 조사된 내용이었으나, 어려움을
무릅쓰고 헤쳐 나갔으면 어떠했을지 아쉬움뿐이다.

3. 모심기 소리－1985년 전국민속예술경연대회 참가 곡

구술자 : 梁三億(1910년 : 庚戌 6월 3일생－1988년 戊辰 7월 15일 卒)
李用植(1909년 : 己酉 6월 7일생－1987년 丁卯 5월 5일 卒)

(앞소리) 우(아)원 래래래이 이여송아 아원
(뒷소리) 우(아)원 래래래이 이여송아 아원

이하 앞소리만 소개한다.

● 모야모야 노랑모야 니[23]가커서 시집을 가니

● 니도정녕 조으련만 만인간도 반겨한다.

● 오뉴월에 시집가서 칠팔월에 열매맺아

● 구시월에 추수동장 연연재생 너로구나

　　이상은 양삼억씨 구술이고

　　아래는 이용식씨 구술이다.

● 어와우리 농부님네 손을 모아 심어주소

● 이네소리 적다말고 일체단결 하여주소

● 알금살금 고운독에 쌀을 삭힌 백하주는

● 팔모객이 유리잔에 가득부어 권주가야

● 모시야흰적삼 반섭안에 분통가튼 저것바라

● 마니보면 병날기고 조고만치 보고가게

● 상주함창 공갈못에 연밥따는 저큰아가

● 연밥줄밥 내따줄게 나에푸메 잠들거라

● 며월[24]가튼 조용모가 장부간장 다녹인다

● 장부장부 졸장부야 건곤이치 일반이라

● 소식올까 기다리도 소식이 돈절코나

---

23) 니(너, 네)
24) 명월(明月)

• 사양25)하는저포수야 쏘지안코 잡을쏘냐

• 껄껄푸득 저장끼26)를 안이쏘고 잡을쏜가

• 오월이라 단오야에 거네27)띠는 저아기씨

• 녹의홍상 저태도가 장부간장 다녹이네

• 야삼경 기픈28)밤에 사창을 반개하고

• 소식올까 기다려도 소식이 적소하다.

• 탐화봉립 저나비야 꼬치29)나빌 따를소냐

• 물을 본 저기러기가 어옹을 주러할까

• 노총각에 거동보소 한길넘는 높은담장

• 선듯너머 가만가만 창전아페30) 당두하여

• 나직나직 숨찬말로 와써31)와써 내가와써

• 뒷집에 김도령이 염치불가 여기와써

• 깊고기픈 야밤중에 거누구가 나를 차자32)

• 기산영수 벌건곳에 소부허유 나를 차자

• 수양산 백이숙제 채미하지 나를찬나33)

---

25) 사냥
26) 장꿩－숫꿩
27) 그네
28) 깊은
29) 꽃이
30) 창문 앞에
31) 왔어
32) 찾아
33) 찾느냐

- 상산사호 옌노인이 바둑두자 나를찬나
- 설중기로 맹호연이 방매차로 나를찬나
- 진대풍유 자랑코저 중림칠현 나를찬나
- 서역원사 박명후가 견우직녀 차지라고
- 한포로 지내면서 함께가지 나를찬나
- 심양추천 백낙천이 빗파뜯자 나를찬나
- 춤잘추는 학두룸이 춤추자고 나를찬나
- 노래명창 노자작이 노래하지고 나를찬나.

모심기는 일정한 줄 간격보다 논의 모양을 따라 심는 벌모심기 때에 만, 주로 올모심기 때 불리고 늦모심기 때는 별로 불리어 지지 않았다.

‘우(아)원 래래래이 이여송아 아원’은
‘又(我)願 來來來 李如松’이라 하며 임진왜란 때 명나라 장군이 조선에 구원병으로 온 이여송(李如松)을 말한다고 했다.

4. 논메기 소리-1985년 전국민속예술경연대회 참가 곡

구술자 : 梁三億(1910년 : 庚戌 6월 3일생-1988년 戊辰 7월 15일 卒)
李用植(1909년 : 己酉 6월 7일생-1987년 丁卯 5월 5일 卒)

가. 진사대

(일동) 우와아 이후후이후우 아하 아하에이 아아아 오워오워에 에라보자 아오

(앞소리) 아워오호 오오호우워 에헤이 아워허 어호오호 아헤이 어화우리농부들아 이내말씀드러보소 누구눅모였든가 등너머 이도령과 길건너 박도령 일등농군 다모였네 에헤에헤이요

(뒷소리) 에헤에헤헤헤헤헤헤헤에 아하아아아오후 우우워이이잇 우우워우에이 에라보자오우

이하 앞소리 가사만 소개한다.

- 경기도라 삼각산은 한강이 둘러있고 경상도라 태백산은 낙동강 칠백리가 굽이굽이 흘러를 가네 에헤 에헤에이요
- 신농씨의 농사바다[34] 바다가튼 이논베미 모를심거[35] 장잎이

---

34) 받아

훨훨 나갑시다 에헤 에헤에이요

이상은 양삼억씨 구술이고
아래는 이용식씨 구술이다.

- 어화우리 농부님네 이네말을 드러36)보소 이네소리 적다말고
  뒷소리나 일신바다37) 하여보소
- 어화우리 농부님네 이네말을 드러보소 여서일곱38) 모포기로
  사방육초39) 심어주소
- 모야모야 노랑모야 니가커서 시집을가니 너도정녕 조흔이40)
  와 만인간도 반겨한다
- 오뉴월에 시집가서 칠팔월에 열매매자41) 구시월에 추수동장
  년년재생 너로구나
- 어와세상 벗님네야 이네말을 드러보소 천지만믈 근곤이치 짝
  을지어 살건마는
- 애다를사 요내몸은 끈떨어진 두벙42)일세 야속하다 요네신세

---

35) 숨어
36) 들어
37) 一心받아
38) 여섯 일곱(6, 7)
39) 六寸
40) 좋은 일이니
41) 맺어

독수공방 외로워라

● 서동부서 거시절에[43] 어이그리 그리운고 원앙금침 나러노
코[44] 야원삼경 깊은 밤에

● 누엇시니[45] 잠이오나 안잣시니 님이오나 임도잠도 아니오니
요네심정 둘데업네

● 산도설고 물도선데 님을다라[46] 왓건마는 임은 어니 어데가고
나만홀로 웬일인고

● 님아님아 낭군님아 언제나 올라는가 은단풍경 근오천에 꼬츨
차자[47] 가시난가

● 심심산곡 은신처에 약을 캐로 가시난가 춘초는 년년 녹이데
왕손은 기불기라

● 명사십리 해당화야 꽃진다고 서러마라 명년삼월 도라오면 너
는 다시 피느니라

● 무정하다 우리임은 한번이별 가신후로 다시올줄 모르시네 오
매불망 낭군니마[48]

● 차마차마 못잊겠네 생각사록 못잊겠네 공상야월 저두견아 너

---

42) 뒤웅박
43) 그 시절에
44) 내려놓고
45) 누었으니
46) 따라
47) 꽃을 찾아
48) 님아

난무삼 소해있어

- 심심산곡 곡심처에 어이그리 슬피우노 느도느네[49] 짝을 일
코[50] 님그리워 슬피우나
- 너와나와 비교하면 피차일반 실푸고나[51] 새벽서리 찬바람에
울고가는 저기럭아
- 소중남북 해상에 편지전튼 기럭기야 수벽사명 양안테에 청원
을 못이기여
- 울고가는 기러기야 나에심회 드러다[52]가 그리운 우리님께 전
해주면 어떨소냐
- 이마우에 손을언고 우러러 쳐다보니 기러기는 간곳업고 창망
한 구름속에
- 별가달만 발가[53]있네 허뿌고도 허무하다 다라달아 발근달아
이태백이 놀던달아
- 우리님 가신곳에 너는정영 비치지만 나는어이 못가오며 어이
하야 못보는고
- 어와우리 농부드라 북해상청 용왕에 호통소리 용에소리 본을
다서 들판이 떠나가듯 일체단결 하여주소

---

49) 너도 너에
50) 잃고
51) 슬프구나
52) 들었(듣고)다
53) 밝아

- 여보시오 농부님네 질가는나거네도[54] 길못가고 서서드꼬[55] 사신행차 바쁜길도 정신업시 드꼬인네

- 우리군정 지장네야 서로서로 옆을모아 들고나미 업기하여 반달형용 뽄을떠서 일체단결 메어주소

- 천하제일 농사직분 천만세에 전햇시니[56] 어느누가 안조흘가 어화우리 농부드라 농사직분 드러보소

- 웃나라에 순임금도 역산하에 바틀[57]갈고 한나라에 엄자룡도 간에대부 마다하고 부초산에 농사짓고

- 진나라에 도연명도 평택영을 버리시고 귀거래사 거르지를 고원으로 도라와서 농사짓기 힘을썻고

- 실라시대[58] 허무왕도 삼한통일 하온후에 천하대본 농사법을 알뜰하게 갈쳐시니[59] 농사대본 이아닌가

'사대'는 '사설'이나 '소리'로 보아지고, '진(긴)사설' 또는 '긴소리'로 보면 타당하리라 보며 구술자인 이용식씨도 '소리'나 '문서(사설)'로 알고 있다고 했다.

---

54) 길가는 나그네도
55) 듣고
56) 전하였으니
57) 밭을
58) 新羅(신라)시대
59) 가르쳤으니

나. 짜른사대

(앞소리) 에헤이이어이 얼싸아이이요
(뒷소리) 에헤이이어이 얼싸아이이요

이하 앞소리 가사만 소개한다.

- 사신행차 바쁜 길에 중간참[60]이 오호오헤에 중간참이 느저[61]
  를간다
- 정월이라 대보름에 오호오헤에 망월하는 소년드라
- 망월도 하련마는 오호오헤에 부모봉양이 느저를간다.
- 옥창앵도 불것스니[62] 오호오헤에 원정부지 이별일세

이상은 양삼억씨 구술이고
아래는 이용식씨 구술이다.

- 경기도라 삼각산은 오호오헤에 한강이 둘러있고
- 충청도라 계룡산은 오호오헤에 백마강이 둘러있고
- 함경도라 백두산은 오호오헤에 두만강이 둘러있고

---

60) 아침과 점심사이
61) 늦어
62) 붉었으니

- 황해도라 구월산은 오호오헤에 세루강이 둘러잇고
- 평안도라 묘향산은 오호오헤에 대동강이 둘러있고
- 전라도라 지리산은 오호오헤에 공주금강이 둘러있고
- 경상도라 태백산은 오호오헤에 낙동강이 둘러있고
- 강원도라 금강산은 세계명산 데었더라

'짜른사대'는 '짧은사대'의 표현이며 '진사대'보다 여흥이 더해있다. 이곳에서는 일을 잘 하는 사람을 '참새'라고 부르며 논의 양쪽 끝에 있다가 일을 잘못하거나 제대로 하지 '않는 사람이 발견되면 집으로 쫓아버리는 풍습이'있다.

다. 어루사대-(梁三億씨 앞소리)

(앞소리) 에헤이루사 워(허)디요(용)
(뒷소리) 헤이루사 워(허)디요(용)

이하 앞소리 가사만 소개 한다

- 해는지고 저문날에   - 춤잘추는 학두름은
- 춤추자고 날찬는가[63)   - 술잘먹는 이태백은

• 술먹자고 날찬는가　　　• 말잘하는 앵무새는

• 말하자고 날찬는가

'어루사대'는 '어울리다'의 뜻 또는 '어우르다'가 아닌가 보며 논메기의 마무리단계에 부르는 소리로 소리의 고저장단이 무척 빠르고 흥겹다. 이때 논메기는 반달형이 되며 짜른사대에서와 같이 일을 잘 못하는 사람은 집으로 쫓아버리기도 한다.

라. 햇소리－(梁三億씨 앞소리)

(1) 긴(진)햇소리

(앞소리) 옹－해　　　　　　(뒷소리) 옹－해

(앞소리) 에이오헤이야　　　(뒷소리) 에이오헤이야

(앞소리) 해는지고 저문날에 (뒷소리) 에이오헤이야

이하 앞소리만 소개한다.

• 우리할일 태산일세　　　• 매악산아 황금산아

• 지는해를 잡아다고　　　• 남은일을 다해보세

---

63) 나를 찾는가

(2) 짜른 햇소리

(앞소리) 오(어)헤이야　　(뒷소리) 오(어)헤이야

이하 앞소리만 소개한다.

- 어서어서 쌈을 싸세
- 부루[64]쌈 사고
- 천엽[65]쌈싸고
- 건달래 쌈으로
- 예천아 군수는
- 상주에 목사는
- 안동에 부사는
- 얼씨구나 잘도한다.

이 '사대'는 전체 논메기 중에 가장 흥겹고 신나는 '사대'로서 일군들은 '몽두리춤'으로 원을 그리며 쌈을 싸게 되는데 발로 논을 휘 삶아 버리는 경우가 많다.

---

64) 상추
65) 소 내장으로

5. 걸채 소리－1985년 전국민속예술경연대회 참가 곡

구술자 : 梁三億(1910년 : 庚戌 6월 3일생－1988년 戊辰 7월 15일 卒)
李用植(1909년 : 己酉 6월 7일생－1897년 丁卯 5월 5일 卒)

(앞소리) 술렁수

(뒷소리) 예!

(앞소리) 예천군 풍양면 공처마실[66]에 사또가 났으니 잘 모시렸다

(뒷소리) 예!

  (앞소리) 옹헤야(옹헤이야)

  (뒷소리) 옹헤야(옹헤이야)

이하 앞소리만 소개한다.

  ● 영척은　　● 소를타고　　● 맹호연은　　● 나귀를타고

  ● 이태백은　　● 고래를타고　　● 적송자는　　● 학을타고

  ● 일대장강　　● 일엽편주　　● 올라를타고　　● 만경창파

  ● 깊은물에　　● 둥기둥실　　● 노니는데　　● 우리고을

  ● 사또님은　　● 걸채를타고　　● 놀아보세　　● 옹 헤

---

66) 마을

논을 다 메고 집으로 가면서 부르는 노래로, 상머슴을 걸채에 태우고 젖머슴은 지게걸채에 태워 흥겹게 춤추며 집으로 간다.

'술렁수'는 '쉬엄쉬엄' 하자는 뜻이 있고 또 다른 뜻으로는 '守帥' '수'는 '쉬'라고도 하며 '술렁수'를 엄숙하고 의젓하게 하자는 뜻이 있다.

6. 타작 소리－1985년 전국민속예술경연대회 참가 곡

1985년 처음 단독 채록하고 조사하여 전국대회 참가한곡임
(黃基錫 앞소리－1941년 7월 25일생)

(앞소리) 넘어간다 헤이야　　(모두) 보우세 헤이야

(모두) 보우세 헤이야　　(모두) 보우세 헤이야

(모두) 보우세 헤이야　　(앞소리) 보우세 떠나간다.

(앞소리) 걸었나　　(뒷소리) 걸었다

(앞소리) 헤이야　　(모두) 보우세 헤이야

(모두) 보우세 헤이야　　(모두) 보우세 헤이야

(모두) 보우세 헤이야　　(앞소리) 떠나간다.

타작소리는 사설은 다섯 마디로 짧게 구성되어있고 계속 되풀이로 일을 한다.

'보우세'는 '낱알이 붙어 있나를 살펴보자'는 뜻이다.

이 타작소리에 맞춰 주인도, 곰방대를 흔들며 같이 춤추며 풍년을 기뻐한다.

7. 치나칭칭−1992년 전국민속예술경연대회 참가 곡

(趙泓來 앞소리−1935년 8월 25일생)

(앞소리) 치나칭칭나네[67]　　　(뒷소리) 치나칭칭나네
(앞소리) 때는 조타[68] 구시월에　(뒷소리) 치나칭칭나네

이하 앞소리만 소개한다.

- 오고백곡 풍년들어
- 낙동강 줄기따라
- 우리마실 다모였네
- 경상도 예천땅에

- 황금들판 이루었네
- 삼봉산 정기받은
- 들어보소 들어보소
- 공처농요 들어보소

------

67) 쾌지나 칭칭나네
68) 좋다

• 오백년 전통지닌
• 우리농요 소리에는
• 장단마차[69] 소리하자
• 흥이나서 춤을추네
• 이소리를 귀담아서
• 전통있는 공처농요
(앞소리) 이히여

• 우리소리 들어보소
• 고저장단이 특색이라
• 이소리가 얼마나좋아
• 여기모인 군정들아
• 자자손손 전해주세
• 천년만년 이어주세
(뒷소리) 이히여

---

69) 맞춰

03 베틀가(빗틀노래)

1985년 채록하고 조사

李用植(1909년 : 己酉 6월 7일생 – 1987년 丁卯 5월 5일 卒)

조선이라 십삼도가 처음으로 생겨나서/ 인간하고 할일업서[1] 누에한칸 먹여보세/ 황세꼬또[2] 닷말이요 노랑꼬또 닷말이요/ 백세꼬또 닷말이라 삼오십오 열닷말을/ 하루풀고 잇틀[3]풀고 이틀반만에 다푸럿네[4]/ 예천따에 말틀박고 상주따에 비틀[5]삐쳐/ 하루매고 이틀매고 사흘만에 다매엇네/ 명주구비 매어노니 비틀업서 어이할꼬/ 서울이라 치치다라 대골[6]짓든 왕대목아/ 비틀한쌍 무어[7]주게 비틀한쌍 무어노니/ 비틀놀때 전혀업서 자우[8]사방 둘러보니/ 옥낭간이 비엿꾸나[9] 비틀놋세 비틀놋세/ 옥낭간에 비틀놋세/ 비틀다리

---

1) 없어
2) 꽃도
3) 이틀(2일)
4) 풀었네
5) 베틀
6) 대궐
7) 여기에선 '만들어'의 뜻
8) 좌우

양네다리/ 앞다리는 도다노코[10] 뒷다리는 나차노코[11]/ 큰애기다리
두다리라 두루주마 육다리라/ 강소임에 따임[12]인가 왕태종에 따임
인가/ 섬섬옥수 두발기래 절로구분 신짝나무/ 헌신짝을 땡겨노
코[13] 안칠개라 안진양은/ 우리나라 금상님이 용상의자 안잣도다/
허리비대 두른양은 절로구분 골용산에/ 허리안개 둘렀도다 말코라
생긴양은/삼대독자 외동아들 명가복가 생깃도다/ 첫발기라 공긴
양[14]은 서에섯작[15] 무지갠가/ 동에동작 무지갠가 앙큼상큼 거러[16]
든다/ 물저줄게 노는양은 만경창파 기픈[17]물에/ 목욕하고 늠노는
데[18] 북이라 노는양은/ 알잘논는[19] 백옥인가 백옥청경 알을두고/
알품으로 넘노난다[20] 바디집이라 치는양은/만첩산중 쪼븐골에[21]
벼락치는 소리로다/다블대라 노는양은 독수공방 빈방안에/ 홀로누
워 노라나네 잉에대라 삼형제요/ 바침대라 이형제라 절름절름 마

---

9) 비어있구나
10) 돌아 놓고
11) 낮추어 놓고
12) 따님
13) 당겨놓고
14) 높여 놓은 모양
15) 西(서)에 서쪽
16) 걸어
17) 깊은
18) 놀아 노는데
19) 놓는
20) 넘나든다.
21) 좁은 골짜기에

주안자/ 억만군졸 거니리네 눌루룸대 홀애비는/ 천년과부 어다[22)]
두고 홀로홀로 늘거[23)]나네/ 눈썹너리 노는양은 하네선녀 잔을들고
/ 백용아페[24)] 노라나네 용두머리 우는양은/ 날아가는 저기럭이 짜
글일코[25)] 실퍼하네/ 도투마리 누은양은 홀로있는 천년과부/누엇다
가 안잣다가 뱁댕이라 지는양은/ 도수원에 수가친가 여개하나 저
개하나/ 명주구비 다짯시니 도포하나 말아보세/ 낭군오면 드리고
저 도포한체 하엿고나/ 앞집에 이선부[26)]요 우리선부 안이와요[27)]/
당신선부 오건마는 칠성판에 누워와요/ 애고답답 내팔자야 정승감
사 바랫드니/ 칠성판이 윈이린고[28)] 궁초댕기 드린머리/실댕기가
윈이린고 명주비단 입든몸에/ 삼비치마[29)] 윈일인고 옥색반지 찌든
손에/ 대지팡이[30)] 윈일인고 깜등갓신 신든발에/ 짚시기[31)]가 윈일
인고 수물여덜 상대꾸니[32)]/ 어깨마고 발을마차[33)] 만첩산중 드러[34)]

---

22) 어디
23) 늙어
24) 앞에
25) 짝을 잃고
26) 선비
27) 아니와요(아니옵니까)
28) 왠 일인가
29) 삼베치마─상주가 되어서 입는 치마
30) 대나무 지팡이
31) 짚신
32) 상두꾼
33) 맞추어
34) 들어

가네/ 양교독교 타든몸이 흰등타기 왼일인고/ 두자두치 등걸비개 두리비자 하엿드니/ 혼자비기 왼이린고 쏘[35]가졋네 쏘가졋네/ 비개머리 쏘가졋네 아장아장 저오리야/ 신질청쏘[36] 어디두고 눈물쏘로 차자오노//

04 상두가

1. 상여소리

1985년 채록하고 조사
李用植(1909년 : 己酉 6월 7일생 −1987년 丁卯 5월 5일 卒)
(趙泓來 앞소리 −1935년 8월 25일생)

1) 오호소리

(앞소리) 오 화 오 화 오호이 오 화

(뒷소리) 오 화 오 화 오호이 오 화

(앞소리) 에헤이 누가누구 모였는고 오호이 오 호

(뒷소리) 오 화 오 화 오호이 오 화

이하 앞소리만 소개한다.

- 일가친척들 다모연네[1]　　 • 일등군정이 다모연네
- 구년지수[2] 이네몸이　　　 • 지픈[3]중병이 들었구나
- 약을쓰니 약발을받나　　 • 백약이 무효로다
- 무당불러 굿을한들　　　 • 굿덕이나 볼까하고
- 원천만을 다버리고　　　 • 대걸가튼[4] 집을두고
- 강널븐 논밭전지 다버리고

"어 쉬어갑시다" 하면 상여를 내려놓고 잠시 쉰다.

여기까진 발인제를 지내고 상여가 집을 떠나면서 불리어진 소리이다.

2) 너다지 넘차 소리

(앞소리) 너허 너허 너너허야 너다지넘차 너너허이야
(뒷소리) 너허 너허 너너허야 너다지넘차 너너허이야

이하 앞소리만 소개힌다.

---

1) 모두 모였네
2) 아홉수(九年數)－아홉 살이 되면 매사에 조심해야 데는 해(19, 29, 39…….)
3) 깊은
4) 대궐 같은

- ●북망산천이 멀다더니 ●삽작밖이 고데로다
- ●백팔염주를 목에걸고 ●시대5)삿갓을 숙여쓰고
- ●목화동향이 느저간다

"어 쉬어갑시다" 하면 상여를 내려놓고 잠시 쉰다.

이 소리는 타동리 앞을 지날 때 불리어지고 소리가 매우 우렁차다.

계속해서 이용식(李用植)씨의 앞소리를 소개한다.

- ●어와세상 번님6)네야 ●회심하온 이네심사
- ●세상에다 부치노니 ●군자님네 드러보소
- ●육지가치7) 튼튼하고 ●항우가치 굿센모미8)
- ●악마원수 병이드러9) ●백약이 무효로다
- ●효자효부 자녀들이 ●약탕간을 거러노코10)
- ●밤나즈로11) 구완한들 ●죽기를 드런병이
- ●어이하야 나을손가 ●인삼녹용 소용업고
- ●편작이도 소용업네 ●저승차사 강님도령

---

5) 細竹
6) 벗님
7) 같이
8) 굳센 몸이
9) 들어
10) 걸어놓고
11) 밤낮으로

● 쇠방망치 노피[12]들고   ● 어서가자 재촉하니

● 아니갈수 잇갠난가[13]   ● 두손모아 애걸한들

● 호령이 엄숙하니   ● 할수업시 따라간다

● 소실한 대문박에   ● 사주밥은 윈일인고

● 새벽서리 개명성에   ● 초혼소래 윈일인고

● 호천통곡 우름소래[14]   ● 삼이웃을 슬퍼한다

● 울지마라 울지마라   ● 자녀드라 울지마라

● 운다고 살터이면   ● 한정업시 만이우러[15]

● 우름산을 모아노코   ● 대해바다 대엿써라

● 유정하다 백년사랑   ● 우지마소 우지마소

● 자네우난 우름소래   ● 죽건가상 못이대내[16]

● 육진창포 일곱맥기[17]   ● 사정업시 꽁꽁묵거[18]

● 칠성판 대틀[19]우에[20]   ● 등거러케[21] 시러노코[22]

---

12) 높이
13) 있겠는가
14) 울음소리
15) 많이 울어
16) 저수지가 되었네
17) 시신을 일곱 곳으로 나누어 묶는 것
18) 묶어
19) 상여
20) 위에
21) 높다랗게
22) 실어놓고

●스물여덜 상대꾼나　　●상두대체23) 둘러매고
●상두노래 발을마차　　●고만집24)을 떠나가네
●하직일세 하직일세　　●이세상이 하직일세
●이인간이 하직일세　　●쌍교독교 조은마상
●다시타진 못하리라　　●우신강 노픈25)사랑
●다시노진26) 못하리라　　●자녀드라27) 자녀드라
●울지말고 잘잇거라　　●화목할사 우리친척
●조상끄테28) 만나보세　　●한식제에 만나보세
●유정하다 우리친구　　●잘있거라 나는간다
●간다간다 나는간다　　●건너안산 다다르니
●상두를 나려노코29)　　●가래들고 갱이30)들고
●땅을파기 시작하네　　●상두꾼나 이사람아
●너와나와 무슨원수　　●땅을기피31) 기피파고
●일조에 함봉하사　　●못살겐네 못살겐네
●답답하여 못살겐네　　●어느틈에 숨을시어

---

23) 상야의 길 다란 막대
24) 그만 집을
25) 높은
26) 놀진
27) 자녀들아
28) 끝에
29) 내려놓고
30) 괭이
31) 깊이

● 답답하여 못살겐네　　● 회장손님 역군드라

● 일조에 흐터[32]가니　　● 적막공산 비산중에

● 벗업시 누엇시니　　　● 어느벗시 날찾는가

● 창송으로 울을하고　　● 두견성이 벗시되야

● 기리기리 누엇슨들　　● 어느누가 날차즐고

● 동지섣달 적설대야　　● 이내무덤 더퍼[33]신들

● 씨러[34]볼까 씨러볼까　● 니손[35]빌어 씨러볼꼬

● 소대한 독한추위　　　● 이내가심 어렵댄들

● 노겨[36]볼까 노겨볼까　● 뉘손빌어 노겨볼까

● 어와세상 벗님네야　　● 명심하고 드러주소

● 부부다툼 부디말고　　● 부자다툼 하지말고

● 형제다툼 하지말고　　● 친척다툼 하지말고

● 친구간에 미드소서　　● 이시상에 잘못하미

● 저세상에 가서보니　　● 생각사록 뉘우치네

---

32) 흩어
33) 덮어
34) 쓸어
35) 뉘(누구)손
36) 녹여

3) 우엿시이 소리

(앞소리) 우여시이 (뒷소리) 우여시이
(앞소리) 스물여덜 상대꾸나 (앞소리) 잘 모셔왔어요

이상은 상여가 높은 언덕이나 산을 오르면서 부르는 소리이다.
"잘 모셔 왔어요" 하면 상여를 내려놓는다.

2. 덜구소리(옥설가)

1985년 채록하고 조사
李用植(1909년 : 己酉 6월 7일생－1987년 丁卯 5월 5일 卒)
(趙泓來 앞소리－1935년 8월 25일생)

(앞소리) 어 덜구요 (뒷소리) 어 덜구요

이하 앞소리만 소개한다.

- 좌우로야 돌아보니
- 스물여덜 상대꾸나
- 덜구야글적에 왼발을노차[37]

- 일등인물 다모연네
- 이네말을 보고드러

- 저테[38]사람 보기조케[39]
- 천년집을 지어주소
- 이미터[41]를 잡을적에
- 풍양면에 김풍수가
- 이집맛상주 생기마차[43]
- 수평보아 닦아보니
- 천하에 명지는 여기로다
- 어덜구요(힘차고 우렁차게)
- 저 건네 저 봉은
- 저 건네 저 봉은
- 워 덜구요
- 골고루도 발바[44]주세
- 우리아들 김○○
- 진자리는 내가눕고

- 먼데사람 드끼[40]조케
- 만년집을 지어주세
- 어데[42]풍수가 잡안는고
- 이미터를 잡았는가
- 생기마차서 잡았겠지
- 생기마차서 잡았겠지

- 좌청룡 우백호는
- 노적봉이 분명하다
- 문필봉이 완연하다
- 반대방향 돌아가세
- 차자[45]보세 만나보세
- 너를 나아기를저게
- 마른자리 너를누펴[46]

---

37) 놓자
38) 곁에
39) 좋게
40) 듣기
41) 묘
42) 어디
43) 맞추어
44) 밟아
45) 찾아
46) 눕혀

● 영하보자 길러노코[47]

● 우리○○ 인정써라

● 너희들은 집에가면

● 희희낙락 하건마는

● 지딴데비[50] 집을짓고

● 울을 삼아서 살고파라

● 우리맛상주 김○○

● 잘살아라 잘살아라

● 부디부디 잘살아라

● 행복하게 잘살아라

● 사시사철 어느때나

● 정월초순이 제일조타

● 무슨일이 그리바빠

● 둘째아들 어데갔노

● 김○○이는 어데간노

● 동네사람 모있을때[53]

● 북망산천 내가왔다

● 막죽길[48]이다 인정써라

● 유부유자 아페[49]두고

● 초로인생 이네몸은

● 양자우편 섯는나무[51]

● 인정썻네 인정썻네

● 마지막길에도 인정썻네

● 행복하게 잘살아라

● 부귀공명 누리고서

● 때는춘삼 만하방창

● 이삼월이 조타해도

● 어 덜구요

● 천천히 하여보세

● 둘째아들 차자[52]보세

● 둘째아들 불러보세

● 풍양면민 모있을때

---

47) 키워놓고
48) 마지막길이다
49) 앞에
50) 잔듸
51) 늘어선 나무
52) 찾아
53) 모였을 때

- 인정이나 쓰고가세
- 내일가면 후해[54]되네
- 내빈객을 누가봤소
- 마지막길에 차자보세
- 오늘못쓰면 후회하네
- 이네소리를 적다말고
- 천년집을 지어주세
- 어 덜구여

(앞소리) 이 히여

(앞소리) 둥마추고 배마추고

- 오늘그리 아니쓰면
- 김○○이가 인정썼네
- 풍양면장 보이는데
- 막죽길인데 인정쓰게
- 지나가면 후회되네
- 뒷소리를 울려주게
- 만년집을 지어주세
- 이만하면 만족하니

(뒷소리) 에히용

(뒷소리) 이히요 이후후

이하 이용식씨의 앞소리를 소개한다.

李用植씨는 묘를 다지면서 부르는 소리를 '옥설가'라고 했다.

- 전천지 후천지는
- 산지조정 골룡산
- 골룡산 일지맥에
- 주산대공 한라산이
- 두만강이 청룡이요

- 억만세가 무궁이라
- 수지조정 항하수라
- 조선이 생깃씨니[55]
- 한라산이 안산대고
- 압록강이 백호로다

---

54) 후회
55) 생겼으니

●건곤이 개벽후에　　　　　　●별개를 이루노니

●지세도 조커니와[56]　　　　●풍경이 더욱조타[57]

●예의문물 발켰시니[58]　　　●소중하게 데여쓰라[59]

●팔도강산 조흔[60]경치　　　●역역히 둘러보니

●경기도라 삼각산은　　　　●한강이 둘러있고

●충청도라 계룡산은　　　　●백마강이 둘르잇고[61]

●함경도라 백두산은　　　　●두만강이 둘르잇꼬

●황해도라 구월사[62]는　　　●세루강이 둘루잇꼬

●절라도라 지리사[63]는　　　●공주금강 둘르잇꼬

●경상도라 태백산은　　　　●낙동강이 둘러잇꼬

●강원도라 금강사[64]는　　　●세계명산 데엇써라[65]

●팔도강산 조흔경치　　　　●천하대지 여기로다

●이산소 터잡을때　　　　　●누구누구 모엿는고

●도서와 박상이며　　　　　●남사기와 두사춘가

---

56) 좋거니와
57) 좋다
58) 밝혔으니
59) 되였어라
60) 좋은
61) 둘러있고
62) 구월산
63) 지리산
64) 금강산
65) 되었어라

● 정삼봉과 무학이라

● 육도판을 아페[68]노코

● 해자사향 더욱조타

● 부귀공명 이아닝가[69]

● 발복인들 업실손가[71]

● 문장명필 날꺼시고[72]

● 수령방백 날꺼시고

● 대대장군 날거시고

● 이런명당 또인난가[75]

● 천년집을 짓자하니

● 저승길을 가자하니

● 지남철[66]을 소네[67]들고

● 자향노코 안배보니

● 득수득파 어떠턴고

● 이런명당 모셔씨니[70]

● 뒤로주춤 문필봉은

● 일산봉이 빈쳣시니[73]

● 투구봉이 빈쳐시니

● 조을시고[74] 조을시고

● 일가친척 어데간노[76]

● 부족한거 마니[77]있고

● 노자돈도 부족하다

---

66) 자석-여기서는 나침반을 말함
67) 손에
68) 앞에
69) 이 아닌가
70) 모셨으니
71) 없을소냐
72) 나올 것이고
73) 비쳐있으니
74) 좋을시고
75) 또 있는가
76) 어디 갔느냐
77) 많이

05 지점소리

1985년 채록하고 조사

李用植(1909년 : 己酉 6월 7일생 – 1987년 丁卯 5월 5일 卒)

(趙泓來 – 1935년 8월 25일생)

(앞소리) 오 지점이요 (뒷소리) 오 지점이요

(앞소리) 에헤 지점소리 나거덜랑 (뒷소리) 오 지점이요

이하 앞소리만 소개한다.

- 모여주소 모여주소
- 동네청년들 다모엿네
- 어데풍수 잡앗는고
- 푸양면에 공처동네
- 이집에 대주진 주인양반
- 이집자향 노을저게[1]

- 누구누구 모였는가
- 이집터를 잡을저게
- 경상도 예천군에
- 장풍수가 잡앗는가
- 일상생기 맞추어서
- 해자신향 노았는가[2]

---

1) 놓을 적에

- 자좌오향 놓았는가
- 언가래며 근가랜데
- 한가래를 뜨고보니
- 또한가래 뜨고보이
- 십삼도로 도라보니
- 이댁성주는 한이업네
- 고대광실 조을시고[4]
- 황홀하고 찬란한데
- 성주님이 어데잇노
- 제비원에 심은솔
- 성주목이 되었고나
- 뒷집에는 김대목아
- 제비원을 차자가서
- 상조흔거[6] 골라베어
- 굽은나무 배를치고
- 워 지점이요

- 생기마차서 노앗게찌[3]
- 무쇠가래 추래달아
- 한근한근 들어잇고
- 청룡황룡이 알을품고
- 팔도강산 정기가
- 천년집터를 다저주세
- 집집에야 볼작시면
- 성주목을 짓자하니
- 경상도 안동땅에
- 그솔이 점점자라나서
- 앞집에는 이대목아
- 너톱내톱 걸머지고[5]
- 좌우양편 섯는나무
- 재진나무 등을치고
- 성주목을 내왔구나

---

2) 놓았는가
3) 놓았겠지
4) 좋을시고
5) 짊어지고
6) 제일 좋은 것

06 지신밟기소리

1. 성주풀이

1985년 채록하고 조사·발굴
(趙泓來 앞소리 - 1935년 8월 25일생)

(앞소리) 에헤루 지시너 (뒷소리) 에헤루 지시너

이하 앞소리만 소개한다.

- 잡구[1]잡신은 물알로
- 재수사망은 이리오소
- 이집 대주진양반
- 먼데출입 하실적에
- 술이나 마니[2]생겨주소
- 골목출입 하실적에
- 골목살로 막아주소
- 천년집을 짓자하니

---

1) 잡귀
2) 많이

- 성주목이 어데잇나
- 제비원에 심은솔
- 성주목이 데여꾸나
- 뒷집에 이대목아
- 제비원을 차자가서
- 상조흔놈 골라베어
- 굽은나무는 등을쳐서
- 사귀아사 노아[3]보세
- 서울이라 삼각산은
- 전라도 지리산에
- 강원도라 금강산에
- 경상도 태백산에
- 동서넘북 주치노아
- 인의예지 우리범절

- 경상도 안동땅에
- 그솔이 점점 자라나
- 앞집에 김대목아
- 니톱내톱 걸머지고
- 양자우편 섯는나무
- 잿은나무는 배를치고
- 먹물마처 대패질해
- 추치가업서 어이할꼬
- 수정석을 가져오고
- 조흔옥석 가져오고
- 은석중석 가져오고
- 보화금석 가져왓네
- 상지둥을 세울적에
- 서로응해 지었네

2. 성수고사 축원

구술자 李用植(1909년 : 己酉 6월 7일생 –1987년 丁卯 5월 5일 卒,

---

3) 놓아

1985년 채록하고 조사)씨는

"正初에 풍악을 가지고 이집 저집 다니며 놀 때에 성주에 축원
할 때 불렀는데, 집집이 똑 같지가 않고 이집 저집이 서로 다
르므로, 한가지로 만 부르면 재미가 미미하여 네(四)가지 조목
으로 블렀제, 집에 드러가서 식수에 먼저가서 재배 축원하고
다음 성주 재배 축원하지, 거 다으메 조왕재배 축원하고 마구
에 재배 축원하엿지" 하셨다.

1) 성주에 축원 1

비나니다 비나니다/ 성주님전 비나니다/ 잡구잡신은 모조리/ 모
시당비4)를 가지고/ 구석구석 씨러5)모아/ 황소가죽 부대에/ 꼭꼭6)
꽁치7) 모라너어8)/낙동강에 지버노코/ 재수와 복을 점지해/ 소원성
취 하옵기를/ 성주임전 비나이다/ 이댁에 대주진양반/ 일가족이 화
목하고/ 만수무강을 비나니다/ 이댁에 대주진양반/동서사방을 다닐
저게9)/ 노중살을 막아주고/ 원근출입을 하올적에/ 재수와 복을 점

---

4) 닳아 짧아진 빗자루
5) 쓸어
6) 빈틈없이 작게
7) 작게 해서 꽉 차게, 빈틈없게
8) 몰아넣어
9) 다닐 때에

지해/ 소원성취 하옵기를/ 성주임전 비나이다/ 이댁에 대주진양반/ 시장출입을 하올때/ 일만복을 점지해/ 소원성취 하옵고/ 이웃출입을 하올저게[10]/ 주륙주찬이 나오고/ 대주에게 딸린권솔[11]/ 일연이라 열두달/ 과년이라 열석달/ 만수무강 하옵기를/ 성주임전 비나이다/ 두손모아 비나이다/ 정성들여 비나니다.//

2) 성주에 축원 2

잡구잡신은 물알로[12]/ 재수와목은 이리오소/ 여보시오 벗님네/ 저공중을 쳐다보소/ 태산가튼[13] 복등이가/ 동서남북 사방에서/ 궁글궁글 굴러서/ 이댁으로 들어오네/ 쏜살가치 드르오네[14]/ 궁글궁글 드르오네/ 이댁에 대주진양반/ 대주에게 딸린권솔/ 만수무강 하소서/ 부귀공명 하소서/ 조선갑부가 되소서/ 이댁에 대주진양반/ 농사라고 하거던/ 년년풍년 드러서[15]/ 동서남북 창고에/ 창고마다 가득하고/ 상업이라 하거든/ 억십만금 이를 바[16]/ 조선갑부가 데옵기/ 성주임전 비나이다/ 비난이다 비나이다/ 정성더러 비나이다/

---

10) 하실 때에
11) 딸린 시구들
12) 물아래로
13) 같은
14) 들어오네
15) 들어서
16) 利(이－장사하여 남긴 돈)를 보아

만수무강 소원성치/ 만세만세 억만세//

3) 성주에 축원 3

불순부정은 모조리/이구석 저구석 모라[17]내어/ 암소가죽 가방에다/ 한가방 잔뜩 모라[18]너어[19]/ 삼쪼래기 참바로/ 꽁꽁얼거 동여무꺼[20]/ 노망태에 지버너어[21]/ 수레우에 시러다가[22]/ 한가철교에 지버너코[23]/ 일만복은 이리오소/ 비난이다 비난이다/ 성주임전 비나이다/ 이댁에 대주진양반/ 재수사망을 점지하여/ 부귀공명 하옵시고/ 소원성취 하시기를/ 성주임전 비나이다/ 이댁에 대주진양반/ 아들형제 팔형제/ 소학이며 중학과/ 대학까지 가리켜/ 반장구장 마니나고[24]/ 순경서장 마니나고/ 군수지사 마니나서/ 부귀공명 하옵기를/ 성주임전 비나이다/ 만수무강을 비난이다//

---

17) 이곳 저곳 몰아
18) 몰아
19) 넣어
20) 묶어
21) 집어넣어
22) 실어다가(올려놓다의 뜻)
23) 집어넣고
24) 많이 나오고

4) 성주에 축원 4

해동이라 조선국/팔도강산 정기가/ 이댁으로 드러왔네25)/ 성주
본이 어덴가26)/ 경상도라 안동땅/ 제비원이 본이로다/ 제비원에 솔
씨바다27)/ 용문산천 던졋더니/ 거술이28) 점점자라나서/ 성부목이
데엿네/ 이집터를 따글적에29)/ 일상생기 택일하여/ 선동반개기하여
/ 한가래를 뜨고보이30)/청룡황룡 알을나코31)/ 또한가래 뜨고보니/
금자레가 알을놓네/ 이집터를 따근후에/ 앞집에 이대목아/ 뒷집에
김대목아/ 성주목을 내로가세/ 가진32)연장 가라지고33)/ 제비원을
차자가/ 용문산천 당두해/ 좌우산천 바라보니/ 낙락장송 조흘시고/
상조흔거/ 골라비어/ 성주목을 내여완네34)/ 성주목을 따드믈때35)/
구분나무 잿따듬고/ 재진나무 굽따듬고/ 먹줄노아 대패질/ 자기아
사 골라노코/ 금석이며 옥석과/ 옥석이며 보석을/ 동서남북 줏치노
아/ 상지둥을 시울때36)/ 근곤이치 현어로/ 서로 엉해시와 노코/ 상

---

25) 들어왔네
26) 어디인가
27) 받아
28) 그 솔(소나무)이
29) 닦을 때에
30) 보니
31) 낳고
32) 온갖, 가지고 있는
33) 나누어지고, 갈아(날을 세워) 짊어지고
34) 내어왔네
35) 다듬을 때

양[37]을 하올 때/ 이댁에 대주진양반/ 생기복득 가리여서/ 사시말
오시촌에/ 상양을 하올 때/ 대시루 뜩섬술과/ 우육이며 돈육을/ 만
반진수 차러놋코/ 합장재배 하엿시니/ 어이아니 조흘손가/ 고대광
실 지어노니/ 황홀하고 찬란해/ 명랑하고 넝난하다/ 방문우[38]를 바
라보니/ 입춘대길 건양다경/ 또한접편[39] 바라보니/ 국태민안 가업
인족/ 또한저편 바라보니/ 천정세월 인정수/ 춘만근옥 복만가/ 또
한저편 바라보니/ 부모는 천년수/ 자손은 만대영/ 조을시고[40] 조을
시고/ 연못안에 기우한쌍/ 오리쌍쌍 놀고있네/ 부귀공명 만수무강/
성주임전 비나이다//

3. 조왕 축원

구술자 李用植(1909년 : 己酉 6월 7일생 — 1987년 丁卯 5월 5일 卒, 1985년 채록하고 조사)

비나니다 비나니다/ 조왕님전 비나니다/ 정지[41]살림을 불과주

---

36) 세울 때에
37) 上樑
38) 위
39) 저쪽
40) 좋을시고
41) 부엌

소[42]/ 마니[43]마니 부가주소[44]/ 금솟[45]으로 부라주소[46]/ 은소트
로[47] 부라주소/ 무쇠발솟도 부라주고/ 금반상기 은반상기/ 금사시
며 은사시/ 마니마니 부라주소/ 놋기명가 놋시시/ 사기거럭[48]도 부
르고/ 옹기거럭도 부라주소/ 금독이며 은독가/ 옹기독도 부라주소/
천가지 만가지/ 가지각색 부루소//

4. 마구 축원

구술자 李用植(1909년 : 己酉 6월 7일생 ─1987년 丁卯 5월 5일 卒, 1985년 채록하고 조사)

마대장군[49] 들으소서/ 황소라고 먹이거든/ 태산가치 굳세고/

우각뿔과 재각뿔/ 사우등과 조개발/ 굳세고도 순하고/

암소라고 먹이거든/ 송아지를 나아서/ 드러갈 때 천마리/

집에올때 만마리/ 천만마리를 나어라//

---

42) 넉넉히게, 넘쳐나게
43) 많이
44) 덧 붙여주소
45) 솥
46) 여기서는 만들어주소의 뜻
47) 은솥으로
48) 그릇
49) 馬大將軍(마대장군)

5. 식수 축원

구술자 李用植(1909년 : 己酉 6월 7일생－1987년 丁卯 5월 5일 卒, 1985년 채록하고 조사)

용왕님전 비나이다
물주소 물주소
사해용왕님 물주소
바다가치 물주소
마니마니 주소서

07 삼강 나루터 뱃사공 노래

자료제공 및 구술자 : 김병구(男)

이네팔자 사공 일세/ 가는 사람 오는 사람

뱃머리에 차자아드니/ 어디있소 어디있소

한두사람 건너보니/ 지는해가 서산일세

삼강이라 나룻터는/ 낙동강이 큰물이고

내성내라 작은물이/ 용궁의 살미물과

인정좋게 합수하니

삼강의 나루터라/ 저건너 저주막1)에

텁텁한 막걸 리가/ 사공의 몫이일세

어서가지 어서가/ 뱃머리에 어서가세

잘가세요 잘가세요/ 술한잔에 작별일세

---

1) 삼강 주막

저건너 산봉우리가/ 물위에 아롱아롱

뱃사공의 신세타령/ 나도모르게 콧노래기가나네

홀로 간 저아줌마/ 시집친정은 어드메요

춘삼월 긴긴해에/ 뱃사공은 허증이나서

나의신세 사공일세/ 어느누가 알아주리

뱃짐에를 잡고/ 한탄을 해보자

어서가자 어서가/ 저건너 저주막에

사공의 목시[2]는 남아있네/

드세요 드세요 막걸리 한사발

당신도 자시고 나도 한사발/ 잘있소 잘가세요

막걸리 한잔에 작별일세

❖ **덧붙임**

삼강－본래 용궁군 남산면 의 지역으로 낙동강, 내성천 , 금천
의 세 강이 마을 앞에서 합함에 삼강이라 하였다.

1914년 행정구역 폐합에 따라 예천군 풍양면에 편입된 지역이다.

---

2) 못

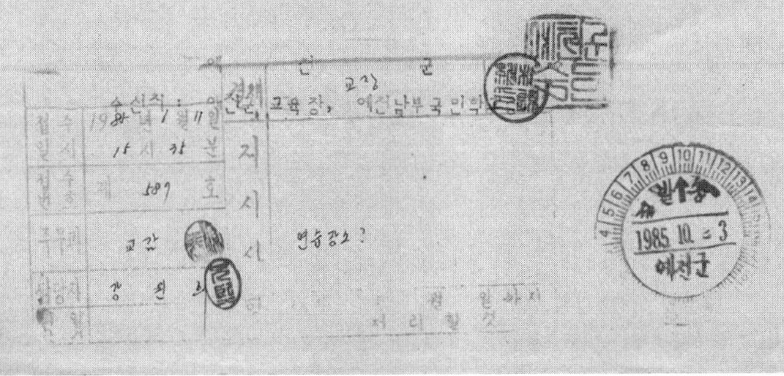

예 천 군

문공 35100-4934   1985. 6. 10.

수신 수신처 참조

제목 경상북도 대표 민속팀 연습지도 협조

　　　1. 주요 군정 추진때마다 성심껏 협조해 주신데 대하여 먼저 감사를 드립니다.

　　　2. 금번 본군의 전통민속인 풍양면 공덕동의 궁치농요가 경상북도 대표팀으로 선정되어 오는 9. 17 개최되는 전국 민속 예술 경연대회에 출전케 되었읍니다.

　　　3. 이에 따라 본군에서는 좋은 성과를 올리기 위하여 5. 7부터 출전에 대비한 연습을 실시하고 있읍니다만 본군에서는 농요에 대한 전문지식이 있는 직원이 없이 소기의 성과기양이 우려되므로 귀교 아래 사람으로 하여금 학교수업에 지장이 없는 범위내에서 연습지도 할수 있도록 하여 주시면 감사 하겠읍니다.

　　　가. 인적사항

　　　　예천 남부 국민학교 교사 강 원 희. -끝.

지 　 도 　 확 　 인 　 서

소속 : 예천 남부 국민 학교

직책 : 교 사

성 명 : 강 　 원 　 의

생년월일 : 　 1950년 　 1월 　 27일

주민등록번호 : 500127-1810418

위의 교사는 1979년도 제 26회 전국 민속 예술 경연대회에
경 상북도 대표님으로 출전하여 문화 공보부 장관 상을 수
상한 예천공처농요 출전단의 연습에서 출전에 이르기 까지
지도 하였음을 확인함.

1983년 　 10월 　 23일

예 　 천 　 군

지　도　확　인　원

소　속 : 경상북도 예천 남부 국민학교
직　책 : 교　　　사
성　명 : 강　　원　　희 (생년월일　1950,1,27)
주민등록번호 : 500127 - 1810418

위 본인은 1985년도 제26회 전국민속 예술경연대회에 경상북도 대표팀으로
출전하여 문화공보부 장관상을 수상한 "예천 공처농요"의 연습에서 출전에
이르기까지 다음과같이 지도하였음을 확인하여주시기 바랍니다.

　　ᄋ 지도기간 : 1985,5,7 - 9,20
　　ᄋ 장　　소 : 경상북도 예천군 풍양면 공덕2동

1986,　1,　29,
위　원　인　　　강　　　원　　　희

북　　도　　지　　사　　귀하

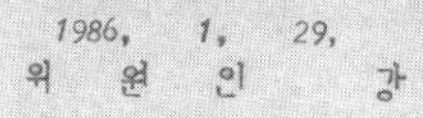

가사집[*]

여기서부터는 원문 자료를 인쇄한 부분입니다.

이 책의 맨 뒷 페이지부터 보시기 바랍니다.

---

[*] 예천군 용문면 사부레이 오상감(1981년 조사당시 47세, 男)씨로부터 수집한 책임.
예천통명농요와 勸農歌와 관계로 수집하게 됨.

丁酉 十二月 初七日　終

冊主　覺趙　書

蒼生憂愛라 油腸悖惡心이 亮如盤石不變하니 運數多
撲用하사 一許多蒼生撲用하사 四九二七撲用하사 中五
分撲用하사 五中一分撲用하사 一分運撲用하사
百祖一身撲用하시서 教化하여서 速하니 成度하니 大禮
次樂自知加工禮三千百義一라 百行之源元禮라 君義臣忠
이오 父慈子孝天定이라 夫和婦順相樂하니 樂辭一別에 天理
五浩氣長悟悟建니 無辭大樂定伍하니 仁義禮智四像이 其中에서
未死하니 一遍復開定地에 可憐相對旧君臣이라 時好에
子孫化發無窮地라 世界莫錫群頭古周殿이 實
生不得恒其建이라 年月日時更定하니 辰旺下巳古昌生이오
五運數天借日時 運數棧客君更進一
以高安이라 子孫英相降化하니 許丑訪立祝惠成을生死警悟歌辭

無奈運數이가 文成五利爲業者는 巫고 靈死가 欺人取物 好樂者는 巫
生得罪만하고 卜讀經好邪者가 固執不通 惟說者니 不足擧論하거니와 酒色雜
妓悖遊者는 不愛하니 元身가 強暴不良 固得者가 陰昧好惟輕薄者之當
楊必罰下宛하고 富貴雅勢하는者之 枡用處 消滅이요 以驕行政하는者는 道德
尊前自降이가 正心修身 且夫兒者가 濟家治國이니가니 平天下 不曾이가
謂禮樂 行行者는 誤路作行 可笑音가 不顧父母 三喪하고 嘗眼行政失禮
上濁下而淆이요 上無嚴而不昧者之作 文孽自嘆 非運去連來變易하는
自然之理致로다가 大道上猶五가에 音樂 소리로그리로 如狂如醉唱歌하는
主無實堂然 群이 滔蕩琓亂 하는이 擧世皆醉가에 千가惻憫하는 先天
五倫惻憫하는가 君臣有義耳 重하되 暗君亂 無義하고 父子有親至忍하고
到父頑子逆 無親이요 夫婦有別 相和하되 夫怒婦 无別이요 長幼有序今
明하되 長後無序하고 朋友有信 真的하되 朋隱友欺 無信하니 寒心하다世界

圍天沃地 발근世界 漁樵歌을 불너보세
堯舜日月 法을비外 天下人生 건저주세
天皇氏之世界로 三皇五帝 가지나고
사람마다 舜荒일세 異端私說 거만두고
我歌查唱 불너보세 이達하다 百姓들아
堯窮无盡 漁樵歌을 自然心化 別노이라
知覺잇는 君子들은 生覺하고 生覺한가
人道百年 이거마는 修德行人 萬世우에
為善而不昌者는 是乃先祖之積惡未芟而然
未芝而陰畫則亡하나이라 與하나니가

警悟歌

簡男女老少들이사 敬警悟歌 들어보쇼
先天後天 易知而喜출 그가말며 太陽父
親太陰母 親主禮用致하가 맛가 天地萬物
各有時라 憂喜易하지며 愚昧한 기人物이라
耳目口鼻 잇건만든 不聞不見하ᄂ것마ᄉ
各自敬意하ᄂ人生 自行自止하가가이 番狼須

登東山이小魯하고
仙出自然불너내니 아마도모르드라
登泰山이小天下라
孔夫子가復生하가 무섭드라〜
一片忠心節義士字
陋各欲脫하리하고 呑炭爲啞子드믄마음
義利義字무섭드라
漆身爲癩變形亂作人道市过包食합
一變은불상하곰
無道하저사람들 草野의어린人生
一變은무섭드가
口不成言可嘆씨 草露火트른적목숨이
行惡이무삽일고
너의身命불상하다 惡談悖說하지말고
불삼하다〜〜
드러보소〜〜 漁樵歌을드러보소
仇何山이되련마는
仇何山이되련마는 比月가른明德을
塵合泰山모와노면
한트두문私慾로 하나업시다바리고
千金岺金모와노면
坊痛하고부송해 어되가서受道하며!
무숨업시무익하리
저목소을압기잔코 어듸가서발천합고

造化翁아 諸葛孔明造化로다
鰲山通道 道長官은 聰明하가
우리百姓 불상하가
筆端으로 반벗밀고
香端으로 북반매고
散三月 따가도록
冬至섯달 버러지기
熱伏하기 무압을고
남날째에 나도나고
中華之遠 적진中의
有德君子 잇지마는
南村北村 다사는듸
記夫잇고 푼연하니
沃永田 젼늘노老漢夫
洛水마을 더저노코

우리學從 聰明하가 불상하가
湯酒一盃 먹인이
百姓八字 불상하가
海中國 우리나라
아므리 척주해도
塵土中에 무친玉石
世上肉眼 몰으드라
汗出沾背 四耕터니
伊尹이 行佛하다
傳說이가 군하니
深山窮谷 吹철가니
岩東山 노래소리
歲月삼기 한자신이
姜太公이 안이신가
仔細이 드러보소

其道（倒）
不達이세
쉬여 가세
成家하기 밥바가네
밥바 밥바 치木하며
쉬여 가지 어보세

西江에 고기 잡고
漁歌樵歌 두르세
漁歌樵歌를 불너보세
간곳마다 舊色이요

東山이 代木하니
太平이요
漁舟逐水愛山春의

登東山의 樵歌하니
간곳마다 太平이요
暮航漁村星似細난
답답하고 어렵드라

沃水江過 늘근 漁夫
부듸 傷心 마르시요
人自傷心水自流라
晨鐘騕官月同歎
明月似라가 불너보세

水自流而不否轉은
發達 못한 타시로다
씰째업난 우面娼
잠든 사람을 께우고
잠긴 마음 다열인다

漢樵歌를 불너보세
連續不絶 불너보세
漢樵歌를 부너보세
리노래 한曲調이

享德하다
적자가 도다
우리 感察하도다

어지도다
우리 太守어지도다
우리 統監厚德하다

무ᄀᆡ시 和氣ᄂᆞᆫ고
花鳥歌로 和氣로다
이럴고 自古及今
可以人而不如鳥가
開花明路 뉘가임고
鳥가 ᄲᅢ지ᄭᅡ라도
開花ᄭᅡ기 느져간가
花鳥歌을 자서드표
黃端私心다 바라
此書花鳥 노ᄅᆡ느소

漁樵歌

川流不息 ᄠᅳᆫ믈의
養魚ᄒᆞ제 ᄆᆡᆼ하ᄂᆞᆫ 쇄
四海雲中 모든 漁夫
湯水中의 녜ᄅᆡ린곳기
傷ᄒᆞ리 젼기 기견저다가
漁歌一曲 불너ᄂᆡ니
書味淸 於水養魚가
碧海蒼天 ᄒᆞ날로 블녀
漁樵歌을 불너ᄂᆡ리
黃花芳暢 青林立제
伐木ᄒᆞᄂᆞᆫ 樵夫들은아
伐柯伐柯 블너ᄂᆡ셰
伐木丁丁이니 노ᄅᆡ을
元亨利貞고로 ᄂᆞ무
多多益善 善골나ᄂᆡ셰
天地間의 높이지어
南來北去 블녀보셰
親聞矩言 ᄯᅡ로 삼ᄯᅥ쥭
元作吾辭一會堂을
河圖洛書 卅青을
學問ᄒᆞ ᄌᆡᄯᆞᆷ기ᄇᆔ

얼화 모와 □□□ 某花는 一片忠心 海棠花는 梧桐夜雨 □□□

楊貴妃 □□□ 太陽을 따라 應從한다 昭□□ 桃源桃李六宮春에

灼灼桃花 고을□□□ 長安豪傑少年들아 桃源

夫夫 所□ 多혼□□□ 杏花村을 차지말고

今樹春風 君子花는 말金□□金銀花는

蓬萊水 □□□□ 堂上官의 兒世□□ 三千

□□□ 硯對花는 以□□□薔薇花는 學□□□

□歷皓齒 半開□□各國仙女 □粧되고 三角山靑松花는

有草生庭 賞余□花는 舍肥鼓腹불너 □□ 蒲自雲山具是樂□

聖上春□ 秋□□□□□ 花鳥歌을불너보□ 以□□□

蓋世春風 □□□□ 드러보소□□□ 和氣□□

天地□物化生□□ 花鳥歌을드러보□ 天上□□□□和氣□□

往來하는 靑鳥[새]는
白雲敫을 분니고
七月七夕 烏鵲橋는
銀河水 가리고
蒲湘江 떠나기 더듸
蘇武 片紙 傳하리오
鍾南山에 우는 鳳凰
五絃琴을 타잣하고
鳳凰閣에 가리치고
江南萬里 오는 鷺鷥子를 끌어
黃金衣服 ....
細柳綠을 크□을 짜서
우리 聖上 곱곱쥬의
그 우福이 가세에 시니
五色으로 一个福을와
其우 永昌 ....
受命于天 ....
億兆蒼生 養民들아
永世無窮 이신인가
越裳氏獻 白雉는
太廟祀에 이르지 不
足을足는 長足이나
.... 足지 不하上
以世上에 사람들은
不足 자嘆 無數하야
四時 不變 豐德새온
億兆蒼生 ....
千芳名石도 不足하고
비나 엇지 足하上
世上樹에 春風花가
无□谷에 피엇신니
無感 □ 樵夫들아
年年豐登 祝詞하니
花鳥歌를 부지 收端花 피는데

沙邱平臺 가지비之 冷水秋風 起하니라
秦始皇의 눈물이요 沃武帝의 …
烏江愁雲風恨群은
楚霸王의 원혼이라
군이 可憐하가
萬方事蹟 仔細보고 엿자오조
쯧이지며 지사로다
文明大道傳해주
鏡投萬里眸 先覺眷 上三更五德開라
鏡懲安心하…
별나서 안이부야
事를 이기를 …
根本좃차 이것金가
草木禽獸昆蟲들도 各自咨怪이含默도
惟一執中 …
爲人根本다와자
鴻濛中에이른精神
天德師恩잇지말고
造化中에生기나서
제根本意 …
根本좃차 …
各守其本實心하소
細細明察치자네
精神이로제사람들
爲先燃堂保子孫을
布德天下 …
輔國安民廣濟蒼生 自然이될거시요
忘其本을 …말가

誦言익 ...中ㅇ
胃曰君가러며바

天地의常經이요
古今의通義也라

取可退否하기到며
通古今達事理와

通心達理하는法은
理陰陽順四時節이

大道大德이니가
사람마다갖지는데

廣明正直君子라
他人有心忖度

積善積德인을
感世匪民樂을부쳐

自暴自棄그사람은
太道大德이라

易로思之하며보고
分明理氣이니

善한사람부귀하고
富貴貧賤을

惡한사람貪財賤이라
自然之外更無天이니

全心改志하며주고
萬頃滄波어디로

生命天道子細밝혀
門戶保序排例基本
너가기위心이요

죽어지며前생
精神차려이다하니
明의德善惡間에

靑岩切辟告之峰
萬古事蹟살펴보니
靈事보임無氣

오르자니...지만은

花鳥歌

芳此絲千紅總是春의 垂楊中間芳里程이 光風霽月梧桐우의
飛去飛來蜂蝶이라 東風三月開花時라

芳民이 紲鴨라山 四海雲中太陽드리 苦海中에 百班
鳳凰이 元世를 老라 鸞鳥 鵬鳥 으라는 花鳥 라 나가 人間

西王母의 新年桃는 濁池仙覺 長生酒로 맑은 鴨라山
우리 聖上 獻壽라고 芳朝百官風流로다 芳世芳世 呼壽世

國泰民安 비술가 뒷東山 옷꽃피는 道德은 翰林에
日日時時 봉봉옷고 明年豊을 視수라고 君子芳年 千라
바지버선 살과신은 困年飢 死에 죽세나 孔雀에는
서리寒風 둘러바라 今年春窮 한한말에 조흔소息 傳하네

天地大德(천지대덕) 갑이되면
道通天地(도통천지) 無形時(무형시)에 잇지말고 此生覺心(차생각심)하야
安貧樂道(안빈낙도) 自然(자연)이라
無事太平(무사태평) 하거시면 元德(원덕)에 運數(운수)를 生覺(생각)하고 生覺(생각)하야
校山萬金(교산만금) 싸되엽고
用心處事(용심처사)하는 도리
一身根本(일신근본) 말할진대
抜山力(발산력)도 배되엽다
仁義禮智信(인의예지신)이로다
天地陰陽五行氣運(천지음양오행기운)
大道大德(대도대덕) 背返(배반)하고
三綱五倫(삼강오륜)에 到(도)하며
元亨又氣(원형우기) 비러나서
聖賢法度(성현법도) 버리고 私(사)되
禮義廉恥(예의염치) 몯ㄹ진대
仔細(자세)보고 悔改(회개)하고
教子教孫之法(교자교손지법)이
聖善大道(성선대도)이가를 訓(훈)
不善之道(불선지도)부터 마소
忘國忘身敗家(망국망신패가)되니
權道用權(권도용권) 이로수을
私精(사정)없이 밝혀내니
惟圓無方(유원무방)하는 고로
一心(일심)으로 生覺別(생각별)다
말할고 言(언)도만나
億兆蒼生萬民(억조창생만민)들아
大道大德(대도대덕) 밝게밝아
데ㅇ하는 기夢(몽)하니
天下太平(천하태평) 此中(차중)이라

各其弱醒하여 보는
同胞萬生하는 法은
治國天下 夫經大德
河圖洛書 밝혀내서
하나로 無窮造化
天高聽卑로부터
罪벌주어 滅하나니
一惡人陰害 工作하니
備傳千秋하기되니 國家의
先發明 榮化되고
丈夫이고 男女學從
이글보고 마음세게

輔國安民하는 法은
相和理氣 ...
文明敎化 ... 張이라
萬國平和되나니
惡說怪談 부되받으
天下太平될거시니
是非曲直 分間하여
福을주어 갚으시고
傷人害物 하는것은
不撤晝夜 工夫하여
仔細보고 조심하소
保子孫을 앗지말고
子孫의 靑年들아
積善積德 하는사람
廣明大道 밝히세라
千理萬理 前程길은
千秋萬世 傳케하세

聖經말삼에분별하고
鬼神의惡鬼로서
智仁聖義忠和요
六藝을배와노니
佛及其人身되는것 그리보르고저
先覺子의行實이라
너보고깨다큰손
子는上사람들이
고覺하여工夫하는
고는生覺잔코
欲心만발켜더라가

孝友睦婣任恤이요
六行을발켜내니
大德을발켜내니
禮樂射御書數이라仔細보고安忍하다
酒色技鬥삼을씰고
그인이불샹하다가
갈르치기까을씨니
天地間에罪진몸은
帝祖上의辱이대가
子孫의게告가되니
그인이源痛하다
世上天地人道中에
畫夜不忘生覺하며
미들信字主最일로
身의無物到처은
天必誅之몸된다하고
惟我湯淸生覺하다
擧世皆湯하다二中에
家人皆醉하다라

父慈子孝君義直忠 長幼有序朋友有信 私나믄太 바리고

夫和婦順兄友弟恭 千秋萬世傳於法을 惡談悖殺을써

盛運聖德以지알고 三綱五倫으로三라、 同胞中에化되나세

聖經賢傳에우싸람 天下萬物億兆蒼生 明文道學싸바래

처디읜느物慾驕避 各自爲心자랑하고 大慈大悲大道大德

自是之慚숭行하止 大慈大悲大道大德 行于世 못할너라

이글자세살펴보소 死生在天하건마는 門前乞客賤하건싸람

正心修道하여보소 天道背逆무사살일고 너부광이마르시어

千變萬化天地理氣 天下良財될거시요 賤하건싸람못바라

朝夕變化뉘가알고 仔細보고安心하소 世上良人될거시요

千萬心量싸覺前 覺今是而作非하고 싸람싸가아지마는

明心大道잡이하서 陰즐하기심을지고

무슨事業하긔맛듯가 있지그리지긴다하고

天地萬物化生中에 사람이읏듬이라 이제만은 食難又行실을시

元痛하고筆舌하지못 改過遷善하여보소 隱非萬生男女

門前貧客을그사람 正心修道하여보소 修心修德모로고

篾視하지하노따니 그次辭親하지아니行 逐客하기名을시

安貧樂道하노것을 死生이在天하노것을 因言惟設달긔들

仔細히正妄思하노 天不生無綠之人이오 根本을끼치노

傷人禽物하지아니 可憐하고可憐하다 聖德工夫안니하고

愛其殊別지말고 知覺없네저사람들 背天涼人하지않노가

道不遠人之遠하노道라 있지그리背天하노가 父子兄弟各各묻아

仔細以모아지난노 明~~하세運數노 各各明運맛겨보소

소欣(흔) 穀을 불어주니
不頼(賴) 晝夜 매각구니
百穀登豊 되리로다
天子唱는 우리農事
初伏中伏 맞이며고
末伏이 도라오니
胞脂成實 조코
欲穀栗明 其逢各成實
正當其時 이때로다
各色을 들어메며야
胞脂成實 조커던
修心修德 이비니
실로자 蒼生들아
우리朝鮮 無道人生
잊지말고 生覺하라
天不能禁 못하노니
萬年種子傳 헤쥬며
自古聖賢이 큼이요
流人積德하는 法이
開明發達 나이하고
惡天无人 삼을써니
愚昧한 우리萬生들이
三才之道 어이알고
分外財物 만이모와
富貴로 經營하고
聖德을 모르오니
오늘날로 逐客하고
萬世無疆 밭구天道
明코 其道모르고서
富貴로 還運이 도라가서
襄運이 도라가서
切扁하고 이갈라나다
盛運이 도라 極尽하며
盛運이 오지만은
盛運數 베반하며

折草하기밥바라간가
農事節을닦가잇내
布穀
冬至寒食다지내고
萬世回春靑林處의
布穀
折草하기빨바도가
靑林으로갈지어이고
春耕을저주하네
조흔折草가자하네
靑林이바하ᄂ곳을
東西南北四色中의
天地萬物化生中이라
處々이외잇든밧은
무릇靑字第一이요
林ㅅ總은무룬이라
四時不憂靑林中이
以達其枝하ᄂ法은
以養其心하ᄂ도리
折草만이가하여봐라
以培其根主長이요
以明其德하ᄂ고로
折草를만이가하山止
天降佳種조欣種子
山田水田너른用地
心納糞土肥을後의
五穀百穀바드기비러
公平地德念이노코
天一生水비러나가
好生好成각파밧ᄉᆌ
日抽月長코ᄃᆞ안은
聊强徠弱晋ᄭᆞ주네
隱惡陽善자ᄌᆞ도ᄆᆡ이
如松久成되야구나

安貧樂道 앗지말며 如此이때 군運數
仁義禮智 모다잇시며 仔細히보고 安心깨라
先聖의 하신말씀 一時라도 이질손냐

耕田鑿井 하는法도 이것가지 職分이오 朝履織席 하는것이 亦是生涯로다
男耕女織 職安心 하니 分外之事 生覺
詐多之世上 사람 開明發達 가자하는다

晝耕夜讀 하는工夫 이찟처 반근世界
矢時에 恒常成實 하기虛送 낫月노든말가

심우자 우리農夫 우리갓치 천한몸이
애멧고 애타고소 五身揚名 못할망정
勤農하고 勤讀안이하랴
가자가자 가자서라 勤農勤讀

一時라도 노든말가 잠든 農夫 이러나오
勤農하는 우리職業 開東時 가되여시니
이러보오 折草하기 삼을씨소

그만자고 씨러나소 折草하기 삼을씨소
農事하는 職業으로 가자서라
折草하고 가자서라 勤農하는 우리農夫

의지말고 ᄒᆞ여내야

送舊迎新ᄒᆞ여보ᄉᆡ

知過必改 善養人事 ᄐᆞᆨ天命을

得能莫忘 ᄒᆞ여ᄂᆡ 先賢의遺訓이라

知而不行ᄒᆞ면말가 後惱莫及이어잡고

ᄉᆞ벗ᄯᅡ라 아니미ᄂᆞᆫ

大道不参ᄒᆞᄂᆞᆫ사람

私氣ᄋᆞᆯ ᄯᅳᆺ이기ᄆᆡ

信之ᄒᆞ고 相信之道 밋기만ᄒᆞ여보ᄉᆡ

可嘆이可嘆 일ᄉᆡ

齋戒奉會ᄒᆞ더ᄇᆞᆫ 因年瘴疾怠怠엄

嗟乎ᄋᆞ人生들아

衛此正道沖一이라

以지말고正生覺ᄒᆞᄂᆞᆫ보ᄉᆡ

安心歌

日用行事ᄒᆞᄂᆞᆫ法에
每ᄉ事ᄉᄒᆞ는기져

開明世界男女老少 朝鮮八道方ᄉ谷ᄉ

精神ᄎᆞᆯ려安心ᄒᆞ소

晝宵間ᄋᆡ 綱倫條目이라

ᄯᅡ平生 살펴보니

禮義文明 못밧ᄭᅥ 惡人隱會無數ᄒᆞ다

河漢의 딸가시ㅇ 浩浩陽ㅣ清江波는

大丈夫의 世界로다 而江山之清風이라

蘇子興雲暮風流로다 興山間之明月이라

重子佛人全부터가 清風明月迎接하야

錦鋪山神이로하자 萬理松ㅣ戕送하새

清風을 딸ㄹ 바람 清風功德 말하건대

자清이시처ㅈ니 金을 수에맛흘손ㅇ

銀을 수에맛흘손가

无窮无盡清風明月 不撤晝夜 놀고 놀세

詠而歌之歌誦하새 愁心걸処 子진바음

无窮无盡 清風明月 清風으로 씻쳐내고

愁心걸處 子진바음 經緯얼마멋을ㅅ가

天皇氏之世界로다 地皇氏之世ㅇ之가

人皇氏之運ㅇ老가

萬惑憂復去ㅇㅇ 諸誦歌에 붙이렷ㄴ

半月工가러내아 人皇氏之運ㅇ老가

山芳小芳鳥乙各ㅇ 歌萬年之運數長

風芳月芳 밝근世界 石雨未지時ㅇ로다

이러ㅎ 죠흔世上 丈夫ㅎ는 靑年들아

錦鏽山歌 위와 보쇼

止止名山 이르른 말은

山水마가 이러한가 사람마가 노래마가

山水風景 자셔 살펴

精神 ...

格物致知 ... 가

萬世淸風 ...

峯~시 기암이요

七星峯 놀나보니

北斗樞星 應헤신니

陰陽配合 分明하고

弓字龍 ...

瀑布水를 구경하니

飛流直下三千尺의

漢江水 ...

疑是銀河落九天의 前後左右上中下의

逕邊 ...

重~老石을 ...

孤松特立 ...

量~群॥ 應徒 ...

學問之道 行佛하고 大夫夫又節介 ...

統彙之像 分明하고

沈林情風 ...

沈林憬氣亂噂하니 鸞鳥飛如天 ...

徐未情風 ...

世間象人松說이요 魚躍于淵可愛로다 玉柳先先 ...

布衣寒士니의 오난다
魚龍이成龍다되야서

錦繡還鄉
布禱하고

大丈夫理氣凡節 偉人怨尊
陰陽通達하기되면 自然이되거시오
勸孝하야實非하
元亨利貞理氣卧

文明한 山水間의
心으로 新禱하야音左右
念念不忘깨覺하면 細細明察밝혀내
去去益保하야 元亨利貞理氣卧

大道大德 無量花金
大道大德 無量理라

晝夜不忘하는工夫
三綱五倫밭으法을 忠清道
仁義禮智孝慷忠臣 山水間의적겨녀

孝子忠臣바리小正
清風이라닐이신이
萬世清風傳해보셰 得意秋가잇네로다
流雜文乞食지며가
閑花時節當하신이

萬世春이永春이로
閑花陰이月陽景 聖經賢傳셰녀보셰

開明世界밝아짓이니
빗外남이나보셰 닐어보셰

이러한 文明山水
엇지고 키울넛는가

問理한 뜻전체 하야
氣冥하기지 비둣니

文明道德다바퀴되
錦鋪山神빗도 理氣

靈寶일을 파보와서
與天地 合其德과
天下大地에 게로다

錦鋪山을 직혀잇고

겨지보세
有客한 五來洞을
二十平生 一心經倫

五來洞의 가가잇셰
貨泉陋巷다세자이

錦鋪江山 짜려보와
許多한 世上와와고

道德文明 직켜잇셰
錦鋪山神 莊하도다

莊祖도다
與鬼神合其吉凶

與日月合其明과
統合大道 직켜잇시

與事時合其屏와
世上人간 이달까다

世上人간 이달까다
이러한 莊舵勝地을

世上肉眼 이알가神
이달가지 몰앗드니

錦鋪山을 직켜보와
文明山水

錦鋪山을 직켜보와
잇지말고 직켜보셰

桃花洞이 잇신이 不諦仙源 何处尋고
直是武陵 在此地라 世上肉眠 몰드가
地上神仙 閒爲延을 正經洞里 亦在하니
桃花洞里 白雲巖아 神仙脫冠이 잇신가
眈眈明朗 한神잇고 河洛合流 正經運을 上下龍湫 짓터신이
現露在田 는그러나서 錦繡山勢 鮮明하다
利見大人 잇서거시오 文明大德 布道로다 雲林处士 吉서가잇서
龍虵在天 하나을후세 날바켜고 비엿던가 와씨々네가 와서
이갓치 文明山水 喜色하다
錦繡山氣 반갑도가 錦繡山光 喜色하다 文明道德 을져보리
엇지그리 비엿듯고 文明한 山水間의
叫가잇서 吾未洞서 잇서되 可嘆일해
自古及今 이르기를 諧誦하기 업슬아 世上사람 可嘆일새

데괴와서 보기로다

棄새에 伐柯하며

哉오죠 조흔材木

如啄如磨修煉次로

錦繡山中一派曲으로

人山修道하리하고

道成德立 志헐뻐 失와問 祝願하되

是誠畫敎건信을 興盎陳設하고

墨書經脈仔細보니 峯峯마다 香爐峯이 造香한듯

山川經脈仔細보니 峯峯마다 기리이오

誠感應耶 願成하여 日完月審하야 그마음

崇城典向 拜祝하고 一百拜且 新禱하고

卽이 生脈 名勝地로

眞是一化 名勝地로 無和하야 씀갑이되 낫도 名勝地

任者帽시비에 시되 뉘라서가에바라보니

若是三山峯 놉흔놉흐 才오理 밝어매아

道德君子만이나고 淵源道通밝려서니

三綱領을직혀잇고

丁秋志不老지石佛을 落花가이셔셔니 岩石마치구도 開花

大作일로 生버나서 落花岩이되얏다 結實하기只바드라

百花叢中 차저가서
叔父을 뵈바추의
嚴孝子宅 宿耶할
孝行을 問理하니
和氣自生 십여기로다
月落西山 달이지고
地名亦是 冊陽이라
밤을밝혀 졸업는가
天道不信 하는中의
尙物惟 호호하는골ᄂ

月明洞 바라보니
心神이 悅惚하야
建陽多慶 이신인가
人心上 淳厚까가
短簡을 利害하여
萬物華暢 丹陽이扁世난 品村보게드니
左右山川 두루살펴
下津江 얼비건네
조흘村木 보러가고
昌遠理로 차저드러 智仁勇 三達德을
觀形察色 살펴보니 金士玉士 又玉士를

積辞九懷 못이가여
中花天地 두루밧바
凡俗이 善俗이라
岐山으로 차저가서
丹陽으로
日出東山嶺 해가뜨네
鄕無善俗 恨嘆한

天下만흔人物에 날말못흔사람업서
財物農事짓지말고 마음농사지어보새
明友靑春法을 우리서로敎訓하여
온즌사람시러말고 安貧樂道自然되여밋지마우
恩上農業開明인데 千金萬金밋지말우
厚對하기에 [illegible]
如賣有虛되난양 [illegible]
兄弟 [illegible]
仔細보고勸農하세 [illegible]

錦繡山讚誦歌

大明天地乾坤의 無事閑情處士 [illegible]
河圖洛書正運數로 小男小女大定數로
精一執中奉命하여 밝은정기모아품고 붓칠고지전하였다
朝鮮八道名山大川 開明世界둘너보니 廣大한天地間의
一身難寄되야구나 僑孔갈곳반이업다 箪食瓢飮短樣을
一盃한이내맘음 好風仔[illegible]보거사고 不日[illegible]

幾千年나려오며
聖人의遺業을
우리此世上의
天地事業하여보니
天下同國開明人物
同胞運을먼저살고
밤나즈로매각구미
心經이가뎔인가
物慾의心除去後의
맘음서자祉가지라
勝己者을실어하고
舌物恐心이인사람

잇때까지傳히오나
一天下億兆蒼生이 우리盛德任이잇으면가
天地옛사람에게보니 神道運이가지나고
己前事業실되엿가 人道運数발가뎌
兄友弟恭歸和되이 우리同胞學子徒들
그안이조흘손가 心田됴구은밧철
仁義禮智三綱五倫 三心山不死藥이
平天下의大道로서 마음心字색기이로
萬里貫通自然되아 不食自生될거
발글明字적에버비 如此이開明하면
心氣가不良하면 남의말을허무말고
開明世界못볼너라 直心으로적기시리

鳳凰이 우룸이요　江河中 노는 고기
獝獜이 우룸이오　龍電가 이르이오
天下人生 만하해도　사람업서 開明인가
啓天五極이 우룸이오　財物만 重기않고
聖理文明 達理하야　天地人生 사람이며
世上事를 比覽하니　無精한기 사람일세
天倫을 모로ᄂ다　萬化歸一 運數로 同歸一體하미보

勸農歌

우리同胞 兄弟들아　萬年農事 지여보세
歷歷히 生覺하니　前萬古 지난일을
精氣맞어 먹고　神農氏장 하遺業
嘗百草 藥을삼어　治本於農 務盡稼穡
未耜을 지어내여　布德天下 하신후에
病든사람 전저주니　上坪下坪 니르더러

己開花

盃를 들어 이내리고 仁山智水是眞風景
仔細 보러하고 簞食一瓢水크고
靑驢背上半醉하고 文朋人物 볼작시면
遠麗江山三千里에 가지마다 園公昭公復生하여
萬戶長安百花中에 本水花草 似遠匠之有義하고
桃紅李白薔薇紫 丹花芳草는 鳥子返哺하는 양은
荘父子之有親이요 似夫婦旣有別하고
陰陽并立아니오 古木에 似長幼旣有序하고 柳枝營巢 果嗊友辭니
若朋友旣有信하고 姑如夫旣有情이라 兄友弟恭하는
老苑花婦人花요 雁路南天一字行은 工夫하는 靑年들아
萬物理氣仔細보고 心上開明하다보니 錦鱗이 있을이요
萬事達理研究하면 蠻魚만하더라도 本水 鰥魚만하더라

凡霜雪露을근 손니
世上萬事 구졍하고
太更灯下 비겨안자
嚴冬雪寒 不知며고
翻覆時高夏 살펴보니
春風日暖時가 왓씨
陽氣바듸硬가지 難進難退하여이고
難發未散半開花라
陽氣唱니利唱달의 눈을틀으모극로라
絶彼南山밤 계로
玄雲玄霧撤天 개로
雪晴雲散坐凡寒
붐이눈파 못끼난가
버쳘못비 못끼난가
바람 못끼난가
月落烏啼霜滿天
草木群生萬物中의 天地大德 못밧저
時運을惡忘말고
世上기맛하여보온
固執不通못ᄆ
可憐孱劣生이
自是之僻잇사람
自暴自棄이
聖經賢傳修煉하여
仔細보고惟改자좌

一天元大州의 三六十八八域明合氣 五天三十六字下의
三十二月朔으로 三六三十四海運數 天六三十六宮으로
一七七星 下의 三七二十一天下의 五七三十五百餘年의
二七十四正四維 四七二十八宿박긔 六七四十二水之明
七七四十九天運數 二六十六青年들과 四六三十二永間의
一六八八域間의 三六二十四時에外 二六六八卦플어서
六六三十六字夫婦 一八六十四海源의 三六二十七아인을
七八五十六甲을어 一九九九天地을 一九七十二賢나서
四九三十六地길지 一九九九天德밖긔 九九八十一天下을
五九四十五更夜의 七九六十三網領을

未開花

九九로 数訓하세

六六三十六宮 春에 四六廿四元으로
五六三十 六十字理氣 三六十八木德차자
二六十二群候神位 一天水로모卦로다
四五三十五絃琴을 三五十五夜月明하니 晋六律
二五十字生覺 庚六甲
三十二節候받게 一四四時佳節 二三六地數로
三三九九天運數 一二三三道德을
四時春凡 一二二이요 明印별(?)
三四間水이 二一二心이요 三四四大五常
一二二世上의 三三九九宮色을 二四八八卦理氣
一三三領網이 三三九九宮色을 二四八八卦理氣
二三天六甲이니 一四四賻中에
五六地北지 二五十字받게 四五二十青年學徒
學六地北지 三五十五進退法을
一五五五后理氣 五五二十五 ... 字을

九九歌

九九八十一 一等人物
八九七十二 數發達
七九六十三 道德을
六九五十四 海源의
五九四十五 倫밝혀
四九三十六 會中의
三九二十七 夜人은
二九十八 八卦힘을이
一九九 宮數로
八八六十四 卦줄이
七八五十六 府八元
六八四十八 字委리
五八四十 字디以
四八三十二 氷釋達
三八二十四 時春風
二八十六 青春學生
一八八 字盃
七七四十九 中居님觀
六七四十二 皇帝나서
五七三十五 百年運定
四七二十八 代맛이
三七二十一 等運數
二七十四 海源의
一七七 治國하서

회라하오、

이젼마음회라하오

悔過自責第一唱前、生命活水자자보긴 이空過를論言

痛哭하노져사람들 他人細過를論言

自己身命도자보、破惑하세

種目如雷口개안코 萬斷疑心破惑하세 破惑하세도되여서뒬오사라보낸다

린에난수어고기 葡葡酒葡花비저내되

곳을잔에들이잇가 野酌이亂無巡되여

맛교적은저辦蝶을 勸君更進一盃酒、

靈實었시붙어보 凡이雨에落梅發이

此年此月此日時가 彼犬夫我犬夫가 何年何月何日時가

如此이노ㄴ世界 興象樂이大樂일세

올해올시미드시오 그리붓르고

滴滴못지러를運数 後行者가先八하고 不信하면不明이가

新多한저사람들 不信하면不明이가

널리살펴보쟈 先行者가後行이라 書樂運数

知覺업다 … 남의 원망 말자 …에

世上사람 知覺업서 자자세에 明倫堂을 자지가세에

慶 … 芽草秋綠하고 別有天地에 … 知慶如覺 가지에고

落落長松夏寒이 北楚水吳山道 治難을 開明世界에 가잇서며

秋收하로 가서 보니 我熱泰稷하유조타 仔細히 … 들어보소

平遠廣야 어리큰덕의 稷稷童子學徒들아 無窮히 諷誦에

셤셤저에저사람들 精神업시 잠들엇세 끗지그리잠본 知識

끗끗업시 못세야서 크마한이世界에 조흔 …

臭水浸水浴기싹고 一等人物이나 …

다시精神차러서라 … 되면 소기 天地가아득하니

기고잡난人物 仔細보고安心한 自古及今君子之道

自然改過되는사람 他国사람떨서 하고 來者不拒안일가

消息없세 ㄹㅅㄹ
天使命令 消息됨세
天命施行하여보세
都在運數 되는이라
時運時變 받거세에
銘心察之하여보소
永世無窮 金剛柱뿐
아카以세 ㄹㄹㄹ
天見地德 아라보세
不忌其本 開明일세
無心하고 上지말고
天下太平 生視願함
生覺覺한 生覺을
鳴時라世 上사람볼
발그럼을 여서가서
이건발게 生命업소
生命之德 받거세에
時가將此 여간다
죄맑고 들어보오
時가將此ㄴ 여간다
疑心말들고보소
저개가느저사람들
合德合期 合其房가
合德合期 合其房가
白天自地 自人일로
万文春風 鳥乙ㅅ智口
諸地後로 無窮튼
鳥乙ㅅ智口
河圖洛書 鳥乙ㅅ智口
園遊天下上帝躬함이
이제作神에보세

망읍하나말근사람
開明世界發達이라
嗚遊天下同胞들아
며고보고놀고보세

喜春三月好時節의
比也興也諧誦歌을
며고보세 ◊~◊◊
其命이여들며고보세

明明德을며고보세
興盡悲來未부럽도마
放心말고더며고보

우리同胞벗님에아
一天下의제어보세
著是水 ◊~、
趣心말고며더보

이에諧誦들어보소
無穀登豊還數로써
一時가밥맛조~니

富貴도내사실고
爲天下又諧誦일세
子細듯고生覺하소

好衣好食에서실코
廣濟蒼生◊뿌이로다
我同望皇帝보고지고

比也興也賦히보며
平生一心耶願이까
興天同德諧誦일세

사과보세 ◊~◊◊
至貧至賤서럼이요
興世同樂사과보세

四十平生內럼이요
◊럼이의 ◊~
서럼이의 ◊~

누구~~ 모왓든고 圍公昭公 보다더라
此歲月에 느껴간다~~

韓信彭越 용반변간 느껴간다~~ 나래지心 뉴지만

多情한 우키 同胞 極樂世界 노하보쇼
에이 그리 더디드고 歲月도 지긔하라~

烈心 逸夫네서~ 思惡은을시 발켜보세

道德經緯 발켜내야 敎化之道 원이로다

이世上을갇 저보세 두루~孝을 히히

태해보쇼~~ 한쇼구리며 해보서
날이가고 달이가서 떼가마참 三春이라

늘고늘근 長老들은 億佃卫山나마 젼쇄
萬國闌花萬發앗서

老少間이 問道社法 少年學徒 勸道하사
孔子門人子貢이도

累千年上古事을 神通六藝 되지마는
此世上 원방사고
속수지이아라 에서

細~明察하며보쇼~ 곳사감 病든사람
나섬고지여 되민고

國文讚誦 歌

서도조코道도 一心正氣가시머고
조흔바람때가와 孝도보고 세고보세
萬和道하여써야

智무烏을智

가련한世上사람들 숨解憂를하여보세
그만자고이키나서 거年今年지내 곱써
上은고보 이이찰고 親和德이하여 근새
自身五策산이로다 다시깨처 生覺해서
三綱五倫간히업고 舊息을이집손가
正正氣하여 보소
居年文月보내가 世界上에가보세
飢寒도못면 하고 가마참開明 일세
可憐하기될가부가
故國形便들너보니
그러진 반고들으 菩盡甘來물맛는가 老少同樂노라보세
엇지그리 반고한고 노라보세 世사람들아 上中下 기다나 잇다

功庸一簧唱이
天地開花盃盃로다
萬世萬世又萬世옛가
淨土會任以世가
十年工夫 阿彌陀佛
於在於右心量재로
一心成道못하손가
修人事則天命오
至誠感應心이되가
坐僧五僧一鉢이오
斷髮有髮一體로다
同把君子그만은히
顏外顏日分論하五
同把君子次次친고
自作聲學짓지말고
文明道人우리道德
勞心勞力職分되且
相和之運바다써야
萬化一歸하여보소
小陽之道말게써
神機玄妙姑舍하고
寅時初가되야子가
鷄鳴聲이잔죠잔다
밤빠三밤빠가써
時가곰해밤빠가써
無窮造化업실손가
千變萬化弓乙로서
隨時應中앗이랴ᇰ가
自古聖賢하신말삼
與世推移앗더면가
風吹灘流時建하라
不轍晝夜工夫해서
聚精會神仙道해가
隨時廢下하여早丑
天地正氣모이씨고
永世無窮하여보세

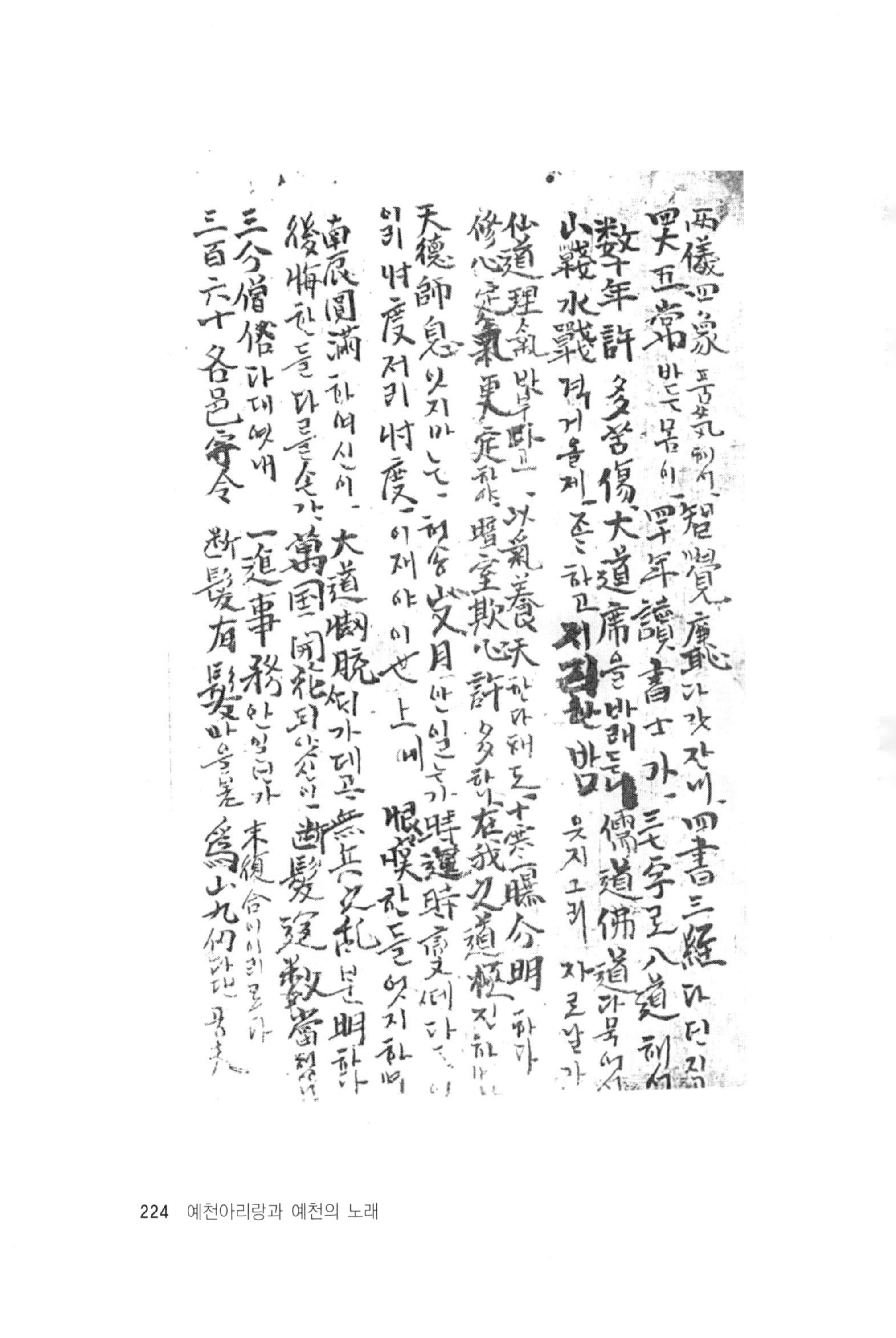

노타유아 곡후해
기든래가 빈후해
유자유손 불□利
호毫釐 신후해
정誠□□하 유전□곡
事理不明 無事悔
日悔月悔 平生行□ 悔
蟄居變道 晦死悔
羞不重不眠 後悔
平生行□

敬世歌

萬古風霜 져근속에
坐판 早識하야
上天下才識 이세可心
잠歌一章 지어보세
天理人事 모르거나
時司刑使 察知하□
市下才가리 時난□
如此如此하는 道理
是非 各自의心
弓乙以 □□□
市下才가리 時□
時乎時乎 石遠이라
天地運數인가
坐판 世上에
어와世上 任내야
潛心詳味하여보고
他人有心 忖度하소
父母骨肉 □□□□
이글보고 웃지말고

新아詞義之稱別이 或似不由於經而實天理之正 共間
而細別者을 投閒而尋經則其開絡必眞源을 無以知得
學子當深究而升正也夫

三十悔

위자불효 사후해
위신불충 거후해
위부불계 우후해
가불중수 頻후해
위구불의 실후해
봉불근작 농후해
소불성공 노후해
대객박대 송후해
위산불근 절후해
거후해
형제불목 하후해
적구흥장 통후해
인신사불 소후해
치국불란 선후해
치가불제 索후해
정불부결 탁후해
선방후산 각후해
작실오정 금일해
곰일오정

歌辭集

心化經

夫天地之經이在乎心之經이在乎德아하德之卽道無非
不復其隱微顯著之間이有經章心化之理하야形客而
像以己法度而制之하야便物無知而自生이無敎中에又一
慮以自生自行하야觀之則天地도亦然而無知無敎中에又
而理存自生自行하야自道其德이니此聖人所編啓天下
撫無爲之化也易之統心書之法心이論讀之論心
子之憂心庸之正惡學之明心無非心經之典章이오其文
法度이至矣盡矣從任徃學子知其肯心經之理徒心章이면覓者
煙晦聖模河南新安之序力明其肯而尙矣叔寂覓者
乎心故其心經之脉絡이道之真源이니嶺而紀已

天地常經

참고문헌

『뿌리깊은나무』, "집집마다 송편빚어 조상찾아 보건마는" 1979년 『뿌리깊은나
    무』사 10월호.

영남일보, 醴泉아리랑 영남일보사 1990년 5월 1일(화요일)신문.

예천아리랑 1992년 1월 24 들소리 제3호 신문.

農民謠 保存會.

한천신문 예천아리랑학교 개설 한천신문사 1996년 12월 11일 신문.

예천아리랑전승(예천아리랑 전승 및 8도 아리랑 경 창대회) 예천군청 기획계 조
    동윤께 보낸 공문서 1999년.

여덟 번째 예천아리랑제 한국민족예술인총연합회 예 천지부 2000년 팜프렛.

권미휘, 예천아리랑, 2002년 1월.

「2011 아리랑 한마당」, 문화체육관광부 주최 2011년 12월 팜프렛.

강원희, 醴泉通明農謠 醴泉通明農謠保存會 1992년.

寅植 가칭 歌辭集 丁酉 十二月 初七日.

강원희, 醴泉公處民謠 미간행 1993년.

醴泉文化院, 「醴泉文化」, 創刊號, 1985년.

○○ ㅂ

○○ ㅊ

▌강원희(姜元熙)

- 1950년 경북 예천군 예천읍 통명리 出生
- 1970~2012 경북 예천(화남, 은풍, 보성, 동부, 남부) 경기 양주(천보), 파주(금곡, 파평, 문산, 용연, 천현)초등학교 교사근무
- 1974년부터 예천의 민속자료(통명농요, 통명농악, 통명상두가, 청단놀음, 원놀음, 병사놀음, 줄다리기, 달구지싸움, 예천아리랑 등 민요, 풍양 공처농·민요, 예천동제, 예천달구지싸움) 등 예천의 각종 민속 조사연구
- 1979년 제20회 전국민속예술 경연대회 대통령상 '醴泉通明農謠' 발굴 및 지도
     -1985년 12월 1일 중요무형문화재 제84-2호 지정-
- 1981년 제22회, 1987년 제28회 전국민속예술경연대회 문화부장관상 '예천 靑丹놀음' 발굴 및 지도
- 1985년 제29회 전국민속예술경연대회 문화부장관상 '醴泉公處農謠' 발굴 및 지도
     -1986년 12월 11일 경상북도 무형문화재 제10호 지정-
     -1992년 제33회 전국민속예술경연대회 대통령상 수상-
- 1988년 8월 1일 중요무형문화재 제84-2호 예천통명농요 전수조교
- 鄕土文化硏究會 會員
- 民俗學會 會員
- (현) 중요무형문화재 제84-2호 예천통명농요 보존회장
- (현) 중요무형문화재 제84-2호 예천통명농요 전수조교
- (현) 예천문화원 이사
- 1980년 10월 20일 : 전통문화 선양 표창장-경상북도지사
- 1986년 3월 7일 : 지역사회발전 새군민상-예천군
- 1993년 12월 5일 : 교육발전기여공로 표창장-경기도 교육감
- 2005년 5월 15일 : 교육공로 표창장-한국교원단체총연합회장
- 2006년 5월 15일 : 교육발전기여공로 표창장-부총리겸 교육인적자원부장관
- 2012년 2월 29일 : 황조근정훈장-대한민국 대통령
- 내고장 전통가꾸기(예천군 편-1980년) 공동집필
- 醴泉郡誌(예천군-1988년) 공동집필

- 중요무형문화재 제84-2호 예천통명농요(1992년 예천통명농요 보존회) 집필
- 醴泉村落史(1992년) 공동집필
- 楊州의 地名由來(京畿 楊州郡－1993년) 편찬위원
- 2011년 11월 1+1 잼난 1000字 漢字 집필
- 鄕土文化誌 및 民俗學會誌에 논문 및 민속자료 발표